# ANAGRAMMA
7

Ventesima edizione: aprile 2007
© 2005 Newton & Compton editori s.r.l.
Roma, Casella postale 6214

ISBN 978-88-541-0360-3

www.newtoncompton.com

Realizzazione a cura di 'verso
Stampato nell'aprile 2007 presso la Legatoria del Sud s.r.l., Ariccia (Roma)

Federica Bosco

# Mi piaci da morire

Newton & Compton editori

*Questo libro è dedicato a tutti coloro che hanno un sogno (o più) e anche a tutti coloro che quando hanno saputo della pubblicazione mi hanno chiesto: «Te lo pubblicano o te lo paghi tu?»*

# UNO

La sveglia suona e mi dibatto per uscire dalla fase di terzo rem.
Apro gli occhi: mercoledì, lavoro, pioggia, David. In quest'ordine.
Non credo di farcela a sopportare un'altra giornata così.
Richiudo gli occhi e mi concentro: forse se mi sforzo riuscirò a scambiare la mia vita con quella di Jennifer Lopez o anche con il tizio che lei ha assunto solo per farsi togliere il soprabito alle feste.
Non funziona. Chissà perché.
Mi alzo e mi guardo allo specchio e capisco perché non ho una relazione fissa da secoli.
Mi metto di profilo e tiro dentro la pancia. Cerco di tirare dentro anche le cosce, ma non ci riesco.
Sono già stanca.
Scendo a farmi il caffè.
«Buongiorno splendore!», dice Mark alle mie spalle.
Non cedo alla provocazione. Vivo da un anno con un omosessuale e una cantante jazz che si crede Billie Holiday solo perché è di colore e giuro che non è facile gestirli.

Borbotto qualcosa giusto per fargli capire che non è aria, ma lui attacca a parlare e parla, parla mentre io mi eclisso e sogno di non essere lì, in quella cucina sgangherata, ma su un panfilo di venticinque metri, mentre bevo piña colada con George Clooney – sarà troppo presto per bere piña colada? – ed ecco che appena lui si avvicina per baciarmi, barcollo dall'emozione e mi verso il caffè bollente sull'unica camicetta bianca che ho.

«Nooo! E adesso come faccio?», grido.

Mark ride come un isterico, io freno un istinto omicida.

«Puoi raccontare che un ubriaco ti ha vomitato addosso in metropolitana e che sei stata aggredita da un branco di lupi attirati dall'odore!».

«Non è abbastanza, loro mi diranno che se sono in grado di camminare, lo sono anche di comprarmi una camicetta nuova!».

Per inciso lavoro in un famoso negozio di stoffe e oggetti d'arte, di proprietà di due sorelle che hanno l'età di Nefertiti.

Si fanno chiamare Miss H e Miss V, ma io le chiamo segretamente "le zie" perché sono la versione satanica delle "Care ziette" di *Arsenico e vecchi merletti*.

Le odio e loro odiano me, ma ho bisogno di questo lavoro e loro non trovano nessun altro disposto, come lo sono io, a farsi trattare come un cane.

Arriva Sandra, la cantante, annunciata dal suono di un campanellino che tiene sempre attaccato alla caviglia. Dice che serve per tenere lontane le energie negative, a me invece ricorda tanto i "Monatti" dei *Promessi Sposi*...

«Vuoi del caffè?», le dico, «Se strizzo la camicetta dovrebbe uscirne almeno un litro».

«No grazie, preferisco il mio biologico e non buttate via anche questa volta i fondi, che stasera c'è la luna piena!».

L'ho chiesto apposta. Capite, adesso, perché è dura? Quando decisi di dividere un appartamento, pensavo che sarebbe stato come un episodio di *Friends*. Mi chiamo Monica e questo mi sembrava di buon auspicio, invece da alcuni giorni è proprio un incubo: quando vuoi stare sola e gli altri invitano gente, quando ti accorgi che i tuoi biscotti al cioccolato sono finiti e non è stato nessuno, oppure quando ti rendi conto, troppo tardi, che chi ha finito la carta igienica non ha cambiato il rotolo.

È anche vero, però, che nei momenti più duri, c'è sempre qualcuno disposto ad ascoltarti.

«Mark, ha chiamato tua madre ieri sera, dice che se non le restituisci la sciarpa di Prada ti denuncia per furto!», dice Sandra.

«Ma non può farlo!».

«Sì che può, ricordi l'ultima volta che ti ha prestato la macchina? L'ha fatta rimuovere la mattina dopo facendoti credere che te l'avevano rubata!».

«E dicevano che Joan Crawford fosse una cattiva madre!», dice Mark.

«In fondo, le hai dichiarato di essere gay in diretta tv, durante la sua trasmissione, dalle un po' di tempo per digerirla!».

«Io e la mia depressione ce ne andiamo, tanto so già

che sarà una giornata schifosa... Mi sento come il brutto anatroccolo!», lo dico e lo penso davvero.

Sandra mi abbraccia e per un attimo mi sento meglio.

È così morbidosa e materna che mi ridà subito fiducia. Sa di mare, di posti lontani e di un orrendo intruglio di patchouli e olio di cocco che mette sempre sulla pelle.

Sandra è nata in un'isoletta dei Caraibi dove è rimasta fino a dodici anni, quando sua madre conobbe Peter, un ufficiale della Marina britannica.

Peter e sua madre si sposarono con uno di quei riti dove tutti cantano Gospel e gridano Allelujah, come si vedono nei film.

Lui le portò a Londra con sé e per un po' furono davvero felici.

Finché un giorno un cancro se l'è portato via.

Quando Sandra canta, dice sempre che Peter si siede accanto a lei e le tiene la mano.

Io un po' ci credo.


Esco di casa e piove.

Mi sento triste e ho la sensazione di girare a vuoto, come una vite spanata.

Credevo che chi abitasse a New York fosse esentato da questo tipo di sensazioni.

Sono venuta qui perché, come tutti quelli che vengono in America, ho un sogno nel cassetto e una dose vergognosa d'incoscienza, ma immaginavo che sarebbe stato tutto diverso: avrei avuto un lavoro pagatissimo in televisione, un sacco di amici fantastici e un ragazzo meraviglioso.

Ho la tendenza fobica a vivere la vita come fosse un film, altrimenti non avrei mai mollato l'Italia, un fidanzato quasi ufficiale, il mutuo e un lavoro sicuro a trent'anni per ricominciare tutto da capo.

Quando penso a cosa ho lasciato sento una scarica di adrenalina... poi mi assale il panico!

Ripenso di continuo alla mia storia con David e mi chiedo dove posso aver sbagliato, perché da qualche parte ho sbagliato altrimenti non mi avrebbe lasciata così.

Ci siamo conosciuti ad una cena dai miei amici Judith e Sam. Appena l'ho guardato, l'ho subito immaginato giocare con i nostri splendidi figli sul prato della nostra villetta bifamiliare.

Era l'uomo dei miei desideri, come lo avevo sempre sognato: bello, solare, con due spalle che avrebbero sorretto il mondo, occhi verdi, capelli castani cortissimi e una deliziosa cicatrice sul labbro superiore. Era perfetto.

La pensava così anche la sua ragazza.

David m'intrigava a tal punto che il fatto che fosse fidanzato da dieci anni non mi preoccupava minimamente, mi sembrava un dettaglio.

Poi erano in crisi. Un segno senza dubbio.

Anche la maglietta che indossava con scritto «U.S. A.R.M.Y.», doveva essere un messaggio cifrato: «(Puoi) USARMI».

Non sapevo davvero come avvicinarlo.

Lo guardavo così imbambolata che la mia amica Judith, seduta accanto a me, continuava a darmi calci sotto il tavolo.

Eppure mi sembrava, anche se non mi degnava di uno sguardo, che in qualche modo cercasse di attirare la mia attenzione.

Finita la cena, mentre la sua fidanzata era in bagno, incoraggiata da tre gin tonic e mezzo litro di vino bianco, mi avvicinai con *nonchalance* e gli chiesi se, qualche volta, potevo telefonargli. E lui, forse incoraggiato dall'altro mezzo litro di vino bianco, disse di sì.

A momenti svenivo.

Fu questo l'inizio della nostra sordida tresca e dopo un mese di messaggi e telefonate, finalmente mi chiese di uscire.

Quando arrivo a questo punto del racconto, la mia mente si blocca perché è lì che vorrei essermi cucita la bocca o ingessata il pollice destro – quello con cui scrivo i messaggi – ma purtroppo non feci niente di tutto questo.

In effetti, all'inizio, non mi importava della clandestinità, in fondo dovevamo conoscerci e la nostra vita si svolgeva principalmente in una stanza, – quella da letto – ma quando mi sono resa conto che, nonostante le sue promesse non l'avrebbe mai lasciata, ho dato i numeri.

L'ho tempestato di telefonate, tormentato con continue scenate di gelosia, assillato con i messaggi, insomma sono stata un'autentica rompipalle!

Così, una sera, mi disse che non potevamo più andare avanti così.

Ecco tutto.

Sono sei mesi che questa storia è finita, fingo che mi sia passata, ma continuo a sperare che lui torni.

Dieci anni di *Beautiful* mi hanno insegnato che tutto è possibile.

Mark e Sandra, i miei coinquilini, continuano a combinarmi appuntamenti al buio.

Una sera mi convinsero ad uscire con un uomo «colto, elegante e raffinato», e solo dopo aggiunsero: «un po' maturo».

Solo quando andai ad aprire la porta, mi resi conto di quanto fosse maturo... era quasi marcio.

Poi venni a sapere che era il nonno di Mark.

Quella sera, gli ho fatto portare via la macchina facendogli credere che fosse stata sua madre, che comunque ne sarebbe stata capacissima.

Adesso devo solo vendicarmi di Sandra, magari le dico che l'ha cercata Madonna.

Appena entro in negozio, vengo aggredita da un odore di colonia misto a pipì di gatto che annuncia la presenza delle zie che, al solito, si becchettano nel retrobottega.

«Ti sbagli Victoria, zia Eleonor sposò solo in seconde nozze zio William, dopo che Julius rimase coinvolto nell'affare delle bische clandestine», dice Miss H.

«Ma no Hetty, quello non era Julius, ma Sir Hector II

e zia Eleonor sposò in seconde nozze Raphael McPhee, l'irlandese, mentre zio William sposò la sorella più piccola di zia Eleonor, Bettina, che morì di vaiolo», dice Miss V.

«Sono convinta di no, se ci fosse la mamma te lo direbbe lei. Raphael sposò Corinna che partorì le gemelle...».

Questo posto è a dir poco spettrale.

Vivono quasi al buio per non spendere soldi «inutilmente» e, nonostante il rigidissimo inverno, il riscaldamento è quasi a zero.

Certi giorni mi aspetto di vedere sbucare il conte Dracula che viene a comprare la stoffa per rifarsi il mantello...

Pare che negli anni Quaranta le zie fossero due corteggiatissime fanciulle della upper class newyorkese, ma che la loro madre si fosse sempre rifiutata di darle in spose a qualcuno che fosse poco meno di un reale d'Inghilterra.

Così, tutti i buoni partiti uno dopo l'altro... partirono e a Miss V e Miss H non rimase che occuparsi della loro bisbetica mamma che non le lasciò fino all'età di novantasette anni, quando ormai era troppo tardi per rifarsi una vita.

Questo avrebbe inacidito chiunque perciò, adesso, trattano tutti con un misto di arroganza e disprezzo letali per chi lavora con loro.

In compenso trattano benissimo i cani.

E Stella.

L'altro giorno, hanno dato il mio pranzo ad un randagio nella mia bella ciotola da microonde.
Se ci ripenso mi viene da piangere.

Appena mi vedono, leggo nei loro occhi la soddisfazione di chi sa di poter avere sempre qualcosa da dire: lo stesso sguardo del gatto che sta per mangiarsi il topo.
Ma ditemi se questa è vita.
L'unica soddisfazione me la dà il fatto che, il giorno che sarò famosa, tornerò in Italia e ne parlerò al *Maurizio Costanzo Show*... sempre che esista ancora.

«Come mai quella camicetta fuori ordinanza?», dice Miss V.
«Sì, sì come mai?», fa eco Miss H.
«Non sei tornata a casa a dormire?», insinua Stella, la mia collega biondo fragola, nonché la favorita dalle zie e che ho segretamente soprannominato "Stalla" giocando sul fatto che non capiscono un tubo della mia lingua.
«No, è che...», non riesco a finire la frase che rimango abbagliata da un fascio di luce, come solo forse la Maddalena quando vide Gesù Cristo.
Lo vedo entrare.
Lui.
David.
Faccio cadere venti metri di preziosissimo Shantung di seta.
Facevo meglio a rimanere a letto.
È incazzato nero.

«Cosa ci fai tu qui?», mi urla mentre le streghe di Eastwick si godono la scena da dietro il pentolone fumante.

«Be' io... ci lavoro qui... sai...», lo dico così piano che non mi sento neanch'io.

Magari non mi ha visto.

«Che storia è questa? Mi hai scritto che sei in fin di vita all'ospedale, che ti ha travolta un autotreno e ti stanno amputando una gamba e che forse non avresti passato la notte! Vengo qui per sapere dove ti hanno ricoverata e ti trovo in splendida forma mentre lavori?».

Ha detto che sono splendida!

L'ho fatto di nuovo: quando bevo troppo scrivo patetici messaggi al telefonino e poi l'indomani me ne pento.

I barman dovrebbero tenerti il cellulare in ostaggio fino a quando non torni sobrio.

«Possiamo uscire un attimo? Tanto me lo trattenete dalla busta paga», dico rivolta alle zie.

«Ovviamente!», fanno in coro.

Usciamo e vedo che David è proprio arrabbiato, digrigna la mascella come fa Tom Cruise prima di picchiare qualcuno e io mi sento davvero cretina.

«Allora vuoi spiegarmi?», dice.

«Sì, io credo... di aver esagerato... in effetti, ma era l'unico modo per poterti rivedere. Tu non rispondi mai ai miei messaggi!».

«Cristo, Monica, non so più come fartelo capire, la nostra storia è finita da un pezzo, lo capisci? È FI-NI-TA! Devi fartene una ragione! Sposerò la mia ragazza fra un

paio di mesi e, credimi, mi dispiace che sia andata così, ma non posso farci niente, non è andata. Ti prego, non costringermi a cancellare il tuo numero e smetti di tormentarmi. Sei una ragazza straordinaria, troverai sicuramente l'uomo giusto».
Mi dà un bacetto sulla guancia e se ne va.
Ha detto che sono straordinaria!
Dopo due minuti realizzo.
Ha detto che si sposa.
Cazzo!
E mi metto a piangere.

Non ce la faccio a rientrare in negozio, stavolta ho davvero esagerato.
Devo assolutamente cambiare vita, domani mi iscrivo a una terapia di gruppo per donne che amano troppo o a una setta con missione suicida.
Sono patologica. Se mi pagassero un dollaro per ogni cazzata che invento sarei miliardaria.
In fondo, cosa c'è di più bello dell'uomo della tua vita al tuo capezzale mentre sei moribonda e di te che con un filo di voce, gli dici:
«Pensa ad essere felice e trovati una brava ragazza che ti ami come ti ho amato io...», con la certezza assoluta che ogni volta che incontrerà un'altra donna, lui non potrà far altro che pensare a te morente e si sentirà talmente in colpa all'idea di tradire la tua memoria che sarà peggio di un malocchio.
Noi donne sappiamo essere perfide, all'occorrenza.

L'ho visto in *Love Story*, in *Via col vento*, in *Moulin Rouge* e nell'ultima puntata di *Lady Oscar*, anche se lui muore quattro minuti dopo.

Ho la nausea da vergogna e l'orgoglio ferito, ma decido ugualmente di affrontare le zie: prima tocco il fondo e prima risalgo.

Entro e faccio platealmente finta di niente; parlo del tempo, dell'inquinamento acustico e dello sformato di melanzane di mia nonna: nessuna risposta.

Se esiste un corso di specializzazione per far sentire un dipendente come un verme, queste tre dovrebbero avere la laurea *ad honorem*.

Comincia Stalla: «Non dovresti mischiare il lavoro con la tua vita privata».

Deve averci scambiati per la dottoressa Cordey e Mark Green di E.R., che litigano durante una tracheotomia.

Continua Miss V: «Deve considerarsi fortunata a lavorare in un prestigioso negozio dove centinaia di cittadini americani vorrebbero essere assunti».

«Come facciamo ad assumere centinaia di cittadini americani Victoria?», fa eco Miss H.

«Non assumiamo centinaia di americani Hetty, ho detto che molti vorrebbero essere assunti da noi».

«E chi?», fa Miss H.

«Ma non so chi, dico che molta gente vorrebbe lavorare qui».

«Ah sì? Ma se se ne vanno tutti!», ribatte Miss H perplessa.

«Henrietta, ti prego, non interrompermi quando sto parlando col personale... dov'ero rimasta? Ah sì, lo sa cosa le succede se perde questo posto?», continua Miss V.

«*Henrietta, ti prego non interrompermi!*», le fa il verso Miss H, «Se ci fosse ancora la mamma ti sogneresti di parlarmi così!».

«Adesso non ricominciare con la storia della mamma, Henrietta, ricordati che sono io la più grande».

«Ma non ci penso nemmeno, prepotente di una zitella prepotente!».

«Zitella? È solo colpa tua se sono zitella! Tu hai presentato Grace Kelly al principe Ranieri!».

«Non lo avrei fatto se tu non ti fossi messa a flirtare con William Waldorf Astor II che corteggiava me!».

Vorrei ridere, ma non posso muovere neppure un muscolo.

Adesso ci mancava solo una minaccia, neanche troppo velata, per finire in bellezza.

Questo lavoro mi è stato "generosamente" trovato dalla nuova moglie, quasi minorenne, di mio padre: «Amooore, sapessi com'è stato difficile trovarti lavoro a New York con le tue scarse referenze!».

Lei commercia pelle umana e se prima avevo il sospetto che mi odiasse, adesso ne ho la certezza.

La cosa peggiore che mi può accadere se perdo questo lavoro è che mi rispediscano a casa. Da mio padre e Lavinia. Rimarrò qui ad ogni costo.

È stata una giornata pesante se vogliamo usare un eufemismo. Ho il terrore di rientrare in casa e trovare qualcuno più triste di me, anche se credo che sia impossibile.

Sono una fottuta egoista, è vero, e non ho l'esclusiva del dolore da cuore spezzato, ma la mia soglia di sopportazione è bassissima e poi, accidenti se fa male.

Volevo solo che la mia vita smettesse di essere un'interminabile catena di eventi isolati: serate fuori a bere, lavori temporanei e storie da una notte e via nell'attesa del grande cambiamento – quello che ti fa gridare: «Terra!».

Invece anche questa volta non è successo niente e sono al punto di partenza.

Viva, ma sempre più ammaccata.

Mentre cerco di pensare a qualche frase da film che possa tirarmi su di morale, tipo «dopotutto domani è un altro giorno» e «ricordati che devi morire», entro in salotto e assisto a una scena imbarazzante.

Mark è seduto a gambe incrociate davanti alla televisione e singhiozza guardando *Il Re Leone*.

È decisamente più triste di me.

E ora che faccio?

«Mark, cos'è successo?», gli chiedo allarmata.

«Sono triste da morire, la mia vita non ha alcun senso», mugola stringendo un cuscino.

Mi ricorda qualcun altro... ah già: me!

«Ho passato la giornata nelle agenzie di adozione, ho telefonato agli orfanotrofi, ho compilato almeno duemila questionari, ma è impossibile, non posso adottare un bambino».

Mi guardo intorno sperando di scorgere subito la telecamera, ma il ragazzo è terribilmente serio.

«Tu vuoi adottare un bambino?», domando piuttosto perplessa.

«Già, non c'è cosa al mondo che mi farebbe più felice!».

Evito di ricordargli che ha detto la stessa cosa due settimane prima a proposito di un paio di scarpe di Gucci...

«Ma non credi che sia un impegno un po' troppo grosso per te? Comincia col prendere un gatto!».

«Non mi piacciono i gatti, sono degli opportunisti!».

Deve essere cominciata la fiera del luogo comune. Adesso mi dirà qualcosa del tipo «non esistono più le mezze stagioni» e «i neri hanno il ritmo nel sangue».

«Senti, ti cucino qualcosa di italiano e molto calorico, ci scoliamo una bottiglia di rosso e quando siamo belli ubriachi ci facciamo la "ceretta", okay?».

Ma che sto dicendo?

«Okay!».

Alla parola ceretta ho scorto un lampo di puro piacere nei suoi occhi.

Dopo due bottiglie di rosso e anche un po' di vodka avanzata, ci siamo addormentati sul tappeto fra avanzi di carbonara, mozziconi di sigaretta e pezzi di cera incollati ovunque.

Sto morendo di freddo e mi fa male la testa, ma ci voleva, sono così intontita che mi sembra quasi di essere felice.

Spero che questa sensazione narcotica duri a lungo.

Mamma mia, ho un alito che stenderebbe un cavallo.

Copro i resti di Mark con una coperta e salgo in camera mia a occhi chiusi.

Con tutto il casino che abbiamo fatto non ricordo di aver sentito rientrare Sandra ieri sera. Non che sia un problema, ma lei non dorme mai fuori.

Piano piano, mi avvicino alla sua porta e infilo la testa dentro.

Lei non c'è. Che sia uscita a correre?

Mmm... contraria com'è alla ginnastica... Ma che altro si può fare in febbraio, di domenica mattina alle cinque, con questo freddo a New York?

Ci rifletterò fra sei ore. Intanto svengo sul letto.

Sogno Mark che partorisce fettuccine e David che mi minaccia con il dito di non andare al suo matrimonio – forse me lo ha detto davvero.

Dopo due ore mi alzo, non sono tranquilla, voglio dire a Mark di Sandra.

Scendo e lo vedo dormire il sonno del giusto, preparo un Nescafè, glielo porto e lo sveglio.

Si mette a sedere. Mi guarda. Dubito che mi riconosca e mi pare che non ci siano più tracce di memoria della mancata paternità.

«Sandra non è tornata a casa stanotte, non è strano?»

«Sarebbe la prima volta in quattro anni, se togli la volta che l'hanno operata di appendicite».

Farfuglia tutto impastato dal sonno e dai fumi dell'alcool.

«Dovremmo preoccuparci secondo te?»
«Aspettiamo ancora un po', se poi non torna proviamo a chiamare qualche sua amica», suggerisce Mark.
«Bene».
Rimaniamo lì sul divano ad aspettare. Cerchiamo di non comunicarci la reciproca preoccupazione sfogliando qualche vecchia rivista.
Dopo due ore ho l'ansia a mille.
Ci mettiamo a chiamare tutti quelli che conoscono Sandra: le amiche, il batterista, il chitarrista.
Buio.
Nessuno l'ha vista, mi viene il panico.
Non mi piace questa sensazione di disgrazia imminente che aleggia nell'aria e Mark è ancora più turbato di me, anche se cerca di distrarmi raccontandomi storielle sporche.
Che facciamo se è successo qualcosa?
Chiamiamo quelli di C.S.I. che ritrovano qualcuno anche analizzando lo spostamento d'aria che ha provocato sparendo?
Mentre ci consumiamo il fegato, sentiamo il campanellino di Sandra e la vediamo entrare seguita da un tipo rasta che ci saluta con un cenno del capo.
Io e Mark sembriamo i genitori adottivi in apprensione per la figlioletta di trentacinque anni e facciamo finta di niente guardandoci le unghie.
Che rabbia, Mark ha le unghie molto più curate delle mie.
Sandra ci guarda un po' sorpresa, poi aggrotta la fron-

te, che è il segnale di pericolo, e sparisce in camera sua col Rasta-man.

Ci sentiamo due imbecilli formato maxi e scoppiamo a ridere cantando «We' re jammin'», facendo finta di fumare cannoni fatti con il giornale arrotolato.

Mentre siamo in pieno delirio, prendendoci a cuscinate, ricompare Sandra che ci intima: «Attenti a quello che dite, voi due, perché Julius è un tipo in gamba che ha anche un sacco di conoscenze nei giri giusti».

«Sì, se cerchi del crack a buon prezzo».

Ma Sandra non può capire quanto siamo stati preoccupati nelle ultime ore, immaginandola vittima di cocktail al Roipnol, fatta a pezzi e buttata nel fiume... e noi qui a sopportare quei saccentoni di C.S.I.!

Tutto questo trambusto mi ha distratta dalla mia ossessione per David e ora che ci ripenso mi viene il magone tutto insieme e mi salgono le lacrime.

Mi sento così cretina ad essere ancora innamorata di uno che non mi degna di uno sguardo da mesi e che per di più si sposa...

Ero venuta in America con tutt'altro scopo.

Sto scrivendo un romanzo intitolato *Il giardino degli ex*, ma questo potevo farlo anche a casa.

In realtà, la ragione principale per cui sono venuta qui e che non ho detto a nessuno, è che voglio vedere dove abita J.D. Salinger. Il mio mito.

So che vive a Cornish, da qualche parte su nel New Hampshire.

Non spero nemmeno di vederlo, sarebbe chiedere troppo, mi basterebbe potergli lasciare un biglietto.

Nessuno come lui ha così bene interpretato il caos mentale, prima ancora che diventasse una moda, e io di caos mentale ne so qualcosa...

Il mio romanzo, invece, potrebbe anche diventare una commedia brillante.

Sì, lo so che la mia ambizione è ai limiti della patologia, ma come si dice di chi rinuncia ai propri sogni?

E questo è il mio sogno e se non si realizza a New York non si realizzerà mai.

La storia è questa:

*Caroline, una donna francese di mezz'età, rimane vedova dopo una vita passata occupandosi del marito, dei figli, della casa di campagna e del grande giardino.*

*Finito il funerale, ripartiti amici e familiari, nel silenzio della grande casa comincia a sentirsi molto sola e inutile.*

*Si insinua dentro di lei il dubbio, misto alla curiosità, di sapere come sarebbe stata la sua vita se invece di sposare Hubert, avesse sposato Thierry, Jean Luc, Eric o un altro degli innamorati avuti da ragazza e dei quali ormai non ha più notizie da tempo immemore.*

*Decide così, dopo quarant'anni, di rintracciare i suoi ex fidanzati e pretendenti per rendersi conto se ha fatto o no la scelta giusta.*

*Dopo una vita vissuta in campagna, con un vecchio telefono in duplex come unico contatto con il mondo, lo scontro con le nuove tecnologie è catastrofico.*

*I figli le regalano un telefono cellulare che lei non riesce neanche ad accendere e lo perde nel campo.*

*Ogni volta che qualcuno le dice la frase: «Lo cerchi su Internet», le viene una specie di sfogo psicosomatico in faccia, quindi, demoralizzata, si affida alla sorte e scrive otto lettere agli indirizzi che riesce a rintracciare sul vecchio elenco telefonico.*

*Nel giro di due mesi riesce ad avere notizie di quasi tutti.*

*Eccetto Philip, che è morto di cancro anni prima, gli altri sono tutti vivi e non se la passano poi troppo bene.*

*Vedovi, divorziati, soli o depressi, tutti rimpiangono il sorriso e la dolcezza di Caroline che decide, ostacolata da tutta la famiglia, di invitare, per il periodo di un mese esatto, questi uomini a casa sua per una "vacanza" che a lei servirà per capire se la sua scelta è stata giusta o no.*

Alla fine però, sono indecisa se farglieli avvelenare tutti.

Naturalmente fra loro c'è anche David.

# DUE

Suona il telefono. È Sam che mi invita ad andare in barca con loro.

Judith e Sam sono la coppia perfetta.

Mi hanno praticamente adottata e mi portano sempre con loro.

Lui somiglia a Timothy Spall nella parte del fratello buono in *Segreti e bugie*, e lei è irlandese e ricorda un po' Tori Amos, ma vestita meglio.

Spesso li osservo per carpire il loro segreto, ma sembra che non facciano alcuno sforzo.

Si amano e basta.

O forse si massacrano in privato.

Una volta Judith mi ha detto che quando ha incontrato Sam si sono semplicemente «riconosciuti» e non si sono lasciati più.

Naturalmente come tutte le coppie perfette non possono avere figli e quindi hanno preso un labrador biondo che hanno chiamato Help, aiuto.

Così, quando il cane scappa sulla spiaggia e si mettono a gridare «Help! Help!», fanno accorrere il cast di *Baywatch* al completo.

Loro muoiono dal ridere, gli altri meno.
Giochetti da innamorati, dico io.
Ogni volta che andiamo agli Hamptons è una vera gioia, specialmente adesso che siamo fuori stagione.
È come tornare indietro nel tempo, all'America anni Cinquanta, e sembra davvero di essere in un vecchio film: chilometri di spiagge intervallate da ville in stile coloniale con il vento che ti scompiglia i capelli e quel profumo che si sente solo qui.
Il profumo della libertà.
Helen, la mamma di Judith, ci ospita nella sua casa.
È una donna eccezionale. Un tipo volitivo e fiero, alla Katherine Hepburn, piena di acciacchi, che fuma come un turco.
Vive qui da quando le è morto il marito e dice di essere rinata.
C'intendiamo a meraviglia e passiamo ore sedute sul dondolo a fumare e bere caffè mentre mi racconta delle celebrità che ha conosciuto quando era giovane.
Sostiene che Clark Gable le abbia fatto la corte.
Quando sarò vecchia anch'io voglio vivere così, prima però voglio fare un sacco di soldi.
Helen trova che non sia possibile che «una ragazza così carina non abbia un fidanzato», ma sembra non rendersi conto che il fatto di non avere un fidanzato sia l'ultimo dei miei problemi in ordine di priorità, come dire, la punta dell'iceberg.
È che la mia vita sta in piedi, a volte, per caso.
Me ne succedono di tutti i colori: per esempio, l'altro

giorno, un tizio in un negozio per far colpo su di me e farmi vedere quanto fosse in forma ha fatto una spaccata. Così, in giacca e cravatta.

Ovviamente si è strappato i pantaloni ed è rimasto bloccato lì. Che tristezza.

Mi capitano sempre degli sfigati.

Anche a casa era così: se c'era un tipo un po' strano in giro, si poteva star certi che ci avrebbe provato con me.

Per questo, quando conobbi David, pensai che il mio karma si fosse improvvisamente alleggerito.

Ma per fortuna la realtà è sempre la stessa, perché se improvvisamente cambiasse, non saprei come affrontarla.

Ho pensato spesso a questa cosa.

In fondo, anche se mi lamento, sto bene così, nel limbo dell'adolescenza che mi protegge dal diventare adulta e inconsciamente faccio di tutto per rovinare le potenziali storie serie per paura di prendermi delle responsabilità verso qualcun altro che non sia io stessa.

In fondo sono trentun'anni che vivo con me e non è cosa da poco... è una relazione seria!

Facciamo il barbecue qui al mare.

È la cosa più bella del mondo. Fa un freddo cane, ma ragazzi, se esiste un centro del mondo, be', deve essere qua.

Siamo sull'oceano, beviamo birra e ascoltiamo i Red Hot Chili Peppers e... oh, ma chi è quel tizio fuori del cancello?

Mmm, qui c'è aria di cospirazione!

Che ci fa un tipo carino che non ho mai visto prima, nel bel mezzo della nostra privatissima festicciola?

«Helen chi è quel tipo al cancello che parla con Sam?», butto lì.

«Non lo so cara, ma mi sembra un bel ragazzo, fossi in te...».

«Lascia perdere, risparmiami i dettagli, dovresti vergognarti!», rido.

«Alla tua età avevo decine di pretendenti, ti ho già raccontato di quella volta in cui Clark Gable...».

«Sì, me lo hai raccontato almeno seicento volte, ma ora parliamo di me ti prego... Nella remota ipotesi che "Tipocarino" fosse stato invitato per me e vista la tragedia che si è consumata l'ultima volta che ho conosciuto qualcuno ad una vostra cena, hai qualche consiglio da darmi?».

Glielo chiedo a mani giunte.

«Be', dovrei dirti di essere te stessa, ma lo faresti scappare di sicuro... Prova ad essere misteriosa... e parla poco e... soprattutto non parlargli del libro, almeno se non ti dice di essere un editore con qualche migliaio di dollari da regalarti».

A volte è un po' stronza, però devo ammettere che non ha tutti i torti.

Quando conosco qualcuno che m'interessa un po', lo tramortisco di parole e già al secondo appuntamento non ho più niente da dirgli e mi accorgo che è noiosissimo.

«Monica, ti presento Jeremy», dice Sam.

Ci stringiamo la mano e siccome tutti ci guardano sorridendo come fessi, gli chiedo se vuole una birra.

Visto da vicino non è la fine del mondo però non devo sempre soffermarmi sull'aspetto fisico, vero?
Ci sono tanti altri aspetti.
Okay, non devo paragonare sempre il mondo intero a David, magari questo è l'uomo della mia vita e solo perché non ha gli occhi verdi, il naso perfetto, i denti perfetti e la mascella di Tom Cruise...
Lunedì, però, devo assolutamente farmi misurare la vista.
Devo dire che, anche se non è una bellezza, Jeremy è simpaticissimo.
Siamo qui da due ore e mi sto divertendo come non mai.
Ci piace la stessa musica, è stato in Italia e non si stupisce se anche da noi piove.
Ha visto la versione integrale di *Frankenstein Junior*, quella con gli errori, e conosce praticamente a memoria *I Simpson*.
Finalmente qualcuno che parla più di me.
Quando è ora di andare, gli do il mio numero. Caspita ho davvero voglia di rivederlo.
Finalmente una storia basata su altri valori, non solo sul sesso!
Sono proprio fortunata, questa volta sarà diverso.

Questo week-end mi ha fatto davvero bene. Ora posso affrontare la nuova settimana con ritrovata energia.
Basta deprimersi, la vita continua ed è bellissima e poi

adesso che ho conosciuto Jeremy sento che tutto cambierà.

Ha detto che non vede l'ora di presentarmi ai suoi genitori e che vorrebbe trasferirsi da me.

In effetti, forse, corre un po' troppo, ma credo che sia l'effetto devastante del colpo di fulmine che dice di aver avuto per me.

Ho appena acceso il telefono e mi ha mandato undici messaggi. Undici messaggi d'amore!

Evviva, un uomo che mi ama e che non ha paura di dirmelo!

Ieri sera, quando mi ha accompagnata a casa voleva salire a tutti i costi, ma mi sembrava un po' prematuro ed è stato molto comprensivo anche se ha aggiunto che non vede l'ora di fare l'amore con me e che avremmo subito dovuto fare un test HIV.

Questi americani sono molto coscienziosi a quanto pare.

Personalmente preferisco i corteggiamenti un po' più lenti, ma come si dice, paese che vai usanze che trovi...

Mi sembra di essere anche più magra stamattina, forse è l'amore che mi fa bruciare calorie.

Scendo canticchiando e neanche l'enorme jamaicano con la testa nel frigorifero, riesce a mettermi di cattivo umore.

Non dico niente neanche quando lo vedo bere dal cartone il mio succo d'arancia, ma quando rutta a pieni polmoni lo agguanto per i capelli e lo trascino fuori dalla cucina.

Risultato: svegliamo tutta la casa.
Uffa! Ora sono proprio fuori di me.
Finalmente arriva Sandra.
«Di' a Bob Marley che questa non è Banana Republic e che non può fare come gli pare e che se lo ripesco con le mani nel frigo o su qualunque cosa che non sia tua, qui dentro, credimi farà i conti con me!».
«Sì hai ragione, in effetti va ancora ammaestrato», fa Sandra.
Esco sbattendo la porta.
Mi dispiace di aver urlato così, ma quel troglodita ha davvero passato la misura. Stasera parlerò con lei e chiariremo questa storia.
Nella fretta inciampo su qualcosa per le scale e per poco non cado.
Sono fiori. Un mazzo gigantesco di fiori e sono per me.
Da parte di Jeremy.
Sono senza parole.
Ogni donna di questo mondo vorrebbe svegliarsi e trovare davanti alla propria porta un immenso mazzo di splendidi fiori.
Leggo il biglietto, c'è scritto: «Ti amo, Jeremy».
Wow, deve essere passato di qui all'alba.
È fantastico. Il piccolo inconveniente del Rasta-man non ha in alcun modo influito sul corso della mia giornata perfetta e nemmeno la cattiveria delle tre streghe potrà nulla contro di me, lo so, lo sento.
Sono così fra le nuvole, che per poco non perdo la mia fermata.

È incredibile come la vita possa cambiare in modo così rapido e inaspettato. Fino a ieri, ero triste e sola, e oggi ho un uomo che mi ama alla follia.

Arrivo in anticipo, cosa che non mi capita molto spesso e che fa immediatamente insospettire i demoni dell'inferno con conseguente sgradevole commento. Ma, come ho detto, niente potrà far cambiare il mio umore perfetto nella mia giornata perfetta, della mia attuale vita perfetta.

«Il fatto che lei sia così stranamente in anticipo, non avrà a che fare con questa lettera, per caso?», dice Miss V.

Lettera? Che lettera?

«C'è una lettera per me?»

«Sì, l'ha recapitata il postino poco fa, ma lei dovrebbe sapere che il personale non è autorizzato a farsi recapitare la posta sul luogo di lavoro, è contro il regolamento».

«Sì, lo so, ma io non ho dato a nessuno questo indirizzo e non aspetto nessuna lettera».

In realtà ho sempre il terrore che, per qualche disguido, l'FBI mi venga a prendere per espellermi dal paese come in *Green Card* e che non mi diano nemmeno il tempo di prendere lo spazzolino, portandomi via a sirene spiegate come una pericolosa criminale.

Troppa televisione!

«Be', allora se non aspetta nessuna lettera penso che possiamo anche rimandarla al mittente!».

Che idea cretina!

«Ma no scusi, se è una lettera per me ho diritto di leggerla!», comincio ad irritarmi.

«Allora informi il mittente che mai più si deve verificare un tale episodio».

Visto che sono in anticipo, vado a prendermi un cappuccino al bar e ne approfitto per leggere la mia lettera.
È di Jeremy.
Non sono tipo da angosciarmi per niente, ma confesso che questa storia comincia un tantino a preoccuparmi.
Mi sento invasa, dopotutto mi ha conosciuta solo venti ore fa e non può avere tutte queste cose da dirmi.
Per un attimo rifletto sull'idea di non aprirla, ma sono troppo curiosa e leggo:

Cara Monica,
non sono riuscito a chiudere occhio stanotte pensando a te, ringrazio Dio per averti portata da me, è tutta la vita che ti aspetto. Ho dormito con il maglione che avevo ieri per poter respirare il tuo profumo e ho conservato alcuni dei tuoi capelli che sono rimasti attaccati al sedile. Io ti amo più della mia stessa vita e non posso immaginare un solo giorno senza vederti.
Per questo ti chiedo di sposarmi subito, così sarai mia per sempre. Dirti ti amo non mi basta già più, deve esserci qualcosa di più forte ancora e se non c'è, lo inventerò io per te.
Vengo a prenderti più tardi.
Tuo per sempre<br>Jeremy

O mio Dio.
Questo è pazzo e mi sa tanto che è pure pericoloso.
Ma tutti a me devono capitare?

Cos' ho, una freccia sulla testa visibile solo dagli psicopatici? Che faccio adesso?
E se viene in negozio e fa un scenata? E se lo rifiuto e mi accoltella?
Devo chiamare Judith e di corsa e oltretutto si sta facendo tardi, se non entro fra meno di cinque minuti succederà un vero casino.

Chiamo Judith e non è raggiungibile, allora chiamo Helen e le spiego in due secondi cos'è successo.
Per fortuna, almeno lei, dà prova di prontezza di spirito e capisce la gravità della situazione.
Non mi prende per il culo nemmeno una volta.
Mi dice di non perdere la calma, di fare come niente fosse e qualora venisse in negozio, di essere gentile, per non insospettirlo.
Ha detto anche che avrebbe chiamato Sam per chiedere informazioni su questo tizio.
Rientro in negozio, per fortuna puntuale, e Stella fa di tutto per farsi dire chi è che mi ha scritto.
Prego Dio che non abbiano aperto la lettera con il vapore, perché non reggerei il peso di una tale umiliazione e dico che è mio padre che mi informa della morte del nonno.
Mi dispiace di aver rifatto morire mio nonno, ma spero che capisca in che situazione mi trovo.
Per tutta la mattinata mi evitano e non sanno quanto sono loro grata per questa inconscia delicatezza, ma ogni volta che sento il campanello della porta, trasalisco.

Fino a mezz'ora fa, ero convinta di aver conosciuto l'uomo della mia vita e invece è la versione maschile di *Attrazione fatale*.

Il telefonino vibra ogni dieci minuti circa, per avvertirmi dell'arrivo di un nuovo messaggio che non ho il coraggio di leggere, ma se non lo faccio, temo che si possa innervosire e non ho siringhe anestetiche da orsi con me.

Mi metto in un angolo e leggo rapidamente i vari «ti amo» e «ti penso» e poi ce n'è uno in cui dice di essere «addolorato per non potermi venire a prendere».

Questo è mio nonno che ha qualche conoscenza anche lassù.

Okay, ora ho qualche ora di tempo per agire con calma e riflettere sul da farsi.

Non ho abbastanza tempo per tingermi i capelli e prendere parte ad un programma di protezione, ma forse posso irrimediabilmente deluderlo e spingerlo a lasciarmi.

Entro in casa di corsa, ho fatto tutta la via camminando curva, nascosta dietro alle macchine.

Per ora via libera, ma da un minuto all'altro potrebbe verificarsi una vera tragedia.

Ritrovo più o meno la stessa situazione di stamattina.

Sandra è in cucina e prepara un dolce e mi dice che vorrebbe parlarmi, ma io non ho tempo per ascoltarla, ho i minuti contati e devo imparare almeno un'arte marziale.

Se poi mi avanzano cinque minuti, anche ad usare un coltello a serramanico.

«Monica ascolta, per quanto riguarda stamattina...», comincia Sandra.

«Sandra», la interrompo, «non puoi immaginare quanto vorrei parlare con te adesso, ma aspetto da un momento all'altro un pericoloso psicopatico che ha intenzione di sposarmi e ho la sensazione che non demorderà tanto facilmente, quindi se Magilla Gorilla fosse ancora nei paraggi, ti prego, aizzaglielo contro!», dico tutto d'un fiato.

«Monica, sei sconvolta e il giallo ti sbatte. Ma che è successo?», mi dice Mark.

Gli racconto brevemente l'accaduto e comincio a leggergli una ventina dei cinquantadue messaggi che ho ricevuto in tutta la giornata, lettera compresa.

«Ma questo è seriamente malato, come mai frequenta Sam e Judith?», chiede Sandra continuando ad impastare banane e latte di cocco.

«Non so, è un collega di Sam, non credo che lo conoscano molto bene neanche loro».

«Potrei fargli un woodoo, ma non ho abbastanza tempo».

«Qualcosa di un po' più rapido?».

Mark non ha ancora detto niente, ma lo vedo riflettere e dopo un po' si alza in piedi e dice: «Hai due soluzioni...».

Lo guardiamo un po' perplesse.

«O ti metti il profumo di Sandra o ti fai vedere appena sveglia la mattina, in un modo o nell'altro non lo rivedrai più e se proprio non lo vuoi, lo prendo io, sono single in questo momento».

«Attento cocco o il woodoo lo faccio a te!», gli fa Sandra.

«Non è il tuo tipo, non si depila, non fa palestra e sono sicura che possiede meno di centocinquanta paia di scarpe!».

«Oddio, ma come vive certa gente! Allora non lo voglio!».

«Eppoi non è vero che sono brutta la mattina appena sve...».

Non finisco la frase che suona il campanello.

Aiuto, non ho tempo di fare niente e non ho pensato a nulla che possa dissuaderlo dal suo attacco. Per fortuna non sono sola. I ragazzi restano in cucina in allerta.

Apro la porta e lui è lì, che mi guarda e, accidenti, non mi piace davvero più e sono arrabbiata perché non è giusto che le persone si prendano gioco di te fingendo clamorosamente di essere qualcun altro.

Lui mi abbraccia in modo piuttosto violento e cerca di baciarmi, ma io lo respingo. Vedo che cambia subito espressione.

Puzza di alcool.

«Jeremy, scusa sai, ma stiamo correndo troppo, ci siamo conosciuti solo ieri... è davvero troppo poco. Non devi tempestarmi di messaggi in questo modo...».

«Hai ricevuto i fiori? E la lettera?»

«Sì, sì ho ricevuto tutto... ed è proprio questo che cerco di spiegarti, non puoi chiedermi di sposarti dopo un giorno, è ridicolo», sento di aver sbagliato parola.

«Così mi trovi ridicolo?».

Appunto.

«No, affatto ti trovo...», attenzione è un campo minato, «ti trovo molto dolce, ma io ho bisogno di tempo».

«Quanto tempo?»

«Ma non lo so, come faccio a quantificare, è un modo di dire, possono essere giorni, mesi... anni».

«Ti faccio schifo vero?».

Mio Dio, ma questo è un incubo!

A dire la verità mi fa schifo davvero, perché si sta comportando come un vero imbecille e non so più cosa dirgli.

Si butta ai miei piedi e comincia a singhiozzare e coprirmi di insulti.

Questa è la scena più raccapricciante a cui abbia mai assistito in vita mia, non oso immaginare cosa sarebbe successo se ci fossi andata a letto.

Si rialza in piedi e mi prende per le spalle e mi sbatte contro il muro urlando: «Tu sei mia capisci? E di nessun altro!».

Sento che adesso sta per farmi male e non ho scampo, quando intravedo due mani enormi che lo afferrano di peso e lo scaraventano giù dalle scale.

Julius mio eroe!

Ti farò bere il mio succo di frutta dal cartone per tutta la vita!

«Tutto bene?», mi dice.

«Sì, credo di sì», rispondo e per la prima volta lo guardo negli occhi e capisco che nonostante sia un tipo un po' troppo alternativo, è davvero buono.

«Odio quelli che mettono le mani addosso alle donne,

una volta ho preso a calci mio padre per aver picchiato mia sorella».

«Ci... ci credo», balbetto, «comunque grazie di essere intervenuto e scusami se ti ho tirato i capelli stamattina».

«Non fa niente, anzi mi piacciono le donne coraggiose!», sorride.

Ci stringiamo la mano.

«Pace!».

Durante tutto questo scambio di convenevoli, Jeremy è sempre rimasto in fondo alle scale con le mani davanti al naso che gli sanguina.

Piange e mi maledice, mentre Mark e Sandra sono ancora alla finestra della cucina a godersi la scena dalla tribuna d'onore.

Mark si è tutto eccitato alla vista del sangue, saltella e si copre il viso con le mani e vedo Sandra che gli rifila uno scappellotto fra capo e collo.

Torno dentro e sono sconvolta.

Sandra mi abbraccia e Mark mi prepara un tè.

Chiamo Sam e gli racconto quello che è accaduto.

È senza parole ed è mortificato, mi consiglia di sporgere denuncia, ma non me la sento, voglio solo dimenticare.

Nel silenzio della mia camera, penso a quanto sia brutto essere tormentati dalla persona che non ami e non posso fare a meno di pensare a quanto devo essere stata angosciante per David.

Nessuno ha il diritto di perseguitare un'altra persona in nome della propria ossessione.

Mi servirà di lezione.

# TRE

Stamattina ho telefonato in negozio dicendo che sono troppo scossa per il fatto di mio nonno.
Hanno detto di capire.
In realtà, sto proprio male per tutta la storia di ieri sera e ho paura di doverlo affrontare di nuovo. Vorrei tornare a casa, ma non posso arrendermi così. Devo mettermi sotto a scrivere, altrimenti che senso ha essere venuta fin qua?
Ritiro fuori tutto il materiale e mi metto al lavoro.
La storia comincia con Caroline che porta i fiori sulla tomba del marito Hubert.
Quando penso a Caroline, non posso fare a meno di pensare ad Helen e ai suoi capelli rossi raccolti, alle sue mani magrissime e alle quaranta sigarette che fuma ogni giorno seduta sul dondolo agli Hamptons.
Passo la giornata in camera e ogni tanto Sandra, Julius o Mark vengono a chiedermi come sto e se ho voglia di mangiare qualcosa.
Sono davvero adorabili, se fossi stata sola non so come sarebbe andata a finire.
Quando scendo giù, vedo i ragazzi stranamente agitati e appena mi vedono smettono di parlare.

Chiedo cosa c'è, ma nessuno mi risponde.
Finalmente Sandra si decide a parlare.
«Che avete?», dico piuttosto brusca.
«Si tratta di Jeremy», dice, «ha scritto delle cose sul muro di casa».
«Che cosa?»
«Parolacce, porcherie, ma stiamo andando a comprare della vernice per coprire questo scempio».
Sono proprio demoralizzata. Non ho neanche voglia di sapere cosa c'è scritto, vorrei solo non averlo mai conosciuto.
Non ho ancora acceso il telefonino, cambierò numero oggi stesso.
Chiamo mia madre.
Non le telefono quasi mai perché, altrimenti, che conflitto sarebbe?
Cerco di raccontarle un po' di cose, ma lei ha quel modo di interrompermi sempre che mi fa subito girare le palle ricordandomi immediatamente il motivo per cui non la chiamo mai.
Passo tutta la sera a scrivere e mi sento eccitatissima perché sono così ispirata che avrò finito in un baleno.

*Caroline seduta sulla tomba sistema i fiori nel vaso di plastica e osserva la foto di Hubert.*
*Si avvicina all'immagine e comincia a ridere, sempre più forte.*
*Ride così forte che tutti si girano imbarazzati e incuriositi verso di lei.*

*«Ma lo sai che eri davvero brutto?», gli dice ridendo.
«Eri l'uomo più brutto che potessi scegliere... e non sei stato neanche un gran marito: noioso, scorbutico, tirchio... e quanto mangiavi. Mi hai voluto bene questo sì, a modo tuo. Fino alla fine. Però...
Che buffo, non mi hai mai portato dei fiori e adesso te li porto io.
Sono così stanca. Ho voglia di ballare, Hubert, di vestirmi di bianco e ballare fino a crollare. Ridere e sentirmi bella e di nuovo giovane.
Non me ne volere, voglio solo sentirmi viva ancora per un po'.
Prima di rivederti».*

Sono tre giorni che in negozio tengo il profilo basso, così basso da strascicare per terra, ma questo mi permette di sopravvivere abbastanza bene.

Mi sto esercitando in quella che sono solita chiamare "la faccia di merda": grandi sorrisi e disponibilità totale, mentre faccio credere di essere addomesticata, medito vendetta.

Perché non possono passarla liscia per sempre queste tre cretine. È statistico.

Sto lucidando una coppa di vetro di Murano quando una voce alle mie spalle mi chiede con uno spiccato accento inglese, se per caso è in vendita.

Mi volto e vedo un uomo decisamente interessante sulla quarantina, con uno splendido sorriso e uno sguardo molto intenso. Peccato non sia molto alto.

Gli sorrido e gli dico che, in effetti, è in vendita, ma che le mie padrone lo fanno pagare quanto il Santo Graal.

Ride alla mia battuta, meno male perché ho rischiato un tantino e mi chiede un consiglio su un regalo per un matrimonio. Come se io lo sapessi. Ma qui in America non usano le liste di nozze?

Tostapane, fondutiera, ceppo di coltelli? Ha l'aria di uno che ha girato un sacco di negozi nella vana speranza di trovare qualcosa di originale, ma anche di vagamente utile.

Decido di aiutarlo e gli mostro tutta una serie di oggetti in stile art déco, qualche pezzo etnico e alla fine optiamo per una statuetta della fertilità africana dall'aria un po' inquietante. Ho l'impressione che non abbia gli sposi in gran simpatia.

Appena le iene si accorgono che ho abbandonato il mio lavoro da Cenerentola per servire il cliente, sguinzagliano Stalla per umiliarmi. La vedo arrivare con passo deciso, scandito dal suono dei tacchi del suo décolleté da mille dollari, strizzata nella camicetta di seta da milleduecento.

«Lascia, ci penso io qui, tu torna a lucidare!», mi dice e sottolinea la frase con un gesto della mano che ho solo visto fare alla regina Elisabetta, rivolta alla servitù, in qualche film in bianco e nero.

Sto per reagire, quando il cliente la fulmina e le dice:

«L'aiuto della signorina mi è assolutamente prezioso, perché non va a rispondere al telefono, non sente che sta squillando?». Stella è a dir poco paonazza.

Non gli salto al collo perché non lo conosco, ma gli occhi mi brillano per la gioia.

Nessuno mi aveva mai difesa da loro, prima d'ora.

«Ma come fa a sopportare di lavorare in un ambiente simile, lei che è così giovane e così solare!».

«È una lunga storia, l'annoierei».

«Non ci riuscirebbe neanche se lo volesse mi creda!».

«A proposito, mi chiamo Edgar», e mi stringe la mano.

«Io sono Monica».

«Mi farebbe piacere vederla al di fuori del mausoleo».

«Non so se è il caso, non sono di grande compagnia ultimamente».

«Capisco, mi scusi se sono stato troppo sfacciato, ma sappia che mi è stata davvero di grande aiuto e... mi chiami se ha bisogno di tenere a bada le tigri!».

Ridiamo.

«Grazie ancora per avermi difeso», gli dico sotto voce.

«Si figuri... È un giorno ideale per i pescibanana!». Mi strizza l'occhio ed esce.

Non è possibile.

Ha detto: «È un giorno ideale per i pescibanana».

Resto di sale.

*Un giorno ideale per i pescibanana* è il mio racconto preferito di J.D. Salinger.

È semplicemente pazzesco che abbia detto una cosa del genere.

Esco per dirglielo, ma è scomparso.
Volatilizzato.
Se non fossi stata così depressa per la storia di Jeremy, avrei certo accettato di bere qualcosa con lui, ma mi sento con il morale sotto i piedi e ho un grande senso di sfiducia verso gli uomini in questo momento.
Solo che ora ho la sensazione di aver perso una grande occasione.
Passo il resto della giornata a cercare di non pensarci, ma non ci riesco.
E non so niente di lui a parte che si chiama Edgar, che deve essere inglese e che va a un matrimonio.
Non ci devo pensare più, per un po' ho chiuso con gli uomini.

Il muro della casa è tutto pieno di strisce bianche a coprire gli insulti di Jeremy il pazzo.
Tutto il vicinato si starà domandando cos'è successo.
È come avere la lettera scarlatta cucita addosso. Bisognerà chiamare un imbianchino serio perché gli amici, per quanto armati di buona volontà, hanno fatto un gran casino.
Almeno non si legge niente.
Entro e Mark è tutto eccitato perché, a quanto pare, è arrivata una lettera indirizzata a tutti e tre da parte di Jeremy.
«Abbiamo aspettato te per aprirla», dice.
«Eh no, tu hai voluto aspettare, io volevo bruciarla subito, non voglio negatività in casa mia», si lamenta Sandra.

Per questo si sente odore d'incenso a due isolati da qui.

«Abbi pietà di me, Mark, buttala via, ho avuto una giornata pesante non mi merito altre illazioni da parte di quel demente».

«Bene allora leggo, dunque: "Cari ragazzi, bla bla bla, mi dispiace per quello che ho fatto e detto... ho un brutto problema con l'alcool che devo affrontare. L'altra sera dopo la crisi, ho cercato di farla finita e i miei genitori hanno deciso di farmi ricoverare in un centro di recupero. Penso che sia giusto per me e per tutti coloro che ho involontariamente ferito, compresi voi e in particolare Monica, alla quale ho rischiato di fare veramente del male. Non voglio più essere così, voglio uscirne a tutti i costi. Vi ringrazio per non aver sporto denuncia e vi prometto che guarirò"».

«Caspita, un bel coraggio però», dice Mark.

«Deve essere proprio arrivato al limite», dice Julius, «e deve stare parecchio male».

«Infatti l'altra sera puzzava come una botte di whisky, però, che peccato, quando è sobrio è un ragazzo davvero sensibile e simpatico», dico.

«Vorrei aiutarlo», dice Mark.

«Ma se non lo conosci neanche», dice Sandra.

«Sì, ma sento che ho bisogno di fare del volontariato, non c'è cosa al mondo che mi farebbe più felice!».

Sì vabbè...

«Sempre disponibile per quel woodoo, Monica!», fa Sandra salendo le scale con Julius.

«Per questa volta lasciamo perdere, mi sa che il woodoo se l'è già fatto da solo».

Chiamo Judith e le racconto gli ultimi risvolti della storia di Jeremy.

Lei è avvilita, non fa che scusarsi ogni tre parole e così fa Sam.

Mi invitano di nuovo al mare con loro per il fine settimana, con la solenne promessa di non farmi conoscere assolutamente nessuno.

È anche il compleanno di Helen, compie settantatré anni. Sarà divertente festeggiarla.

Le regalerò un portasigarette con le sue iniziali.

Si lamenta sempre delle scritte minacciose che ci sono sui pacchetti e che se uno vuole morire di cancro ne ha tutto il diritto, tanto non farà mai causa alla Philip Morris.

Stasera, invece, Sandra e Julius suonano in un locale al Village e, anche se non ho gran voglia, mi farà bene uscire un po'. Ora che comincio a conoscere meglio anche lui, mi piacciono davvero molto.

Come dice Salinger: «Ricordati di sposare un uomo che rida delle stesse cose per cui ridi tu!».

Lei canta e lui l'accompagna con la chitarra acustica.

La luce verde è soffusa e Sandra sta intonando *Time after Time* nella versione di Cassandra Wilson, che è il suo pezzo preferito e la dedica a me e a Mark.

Appena termina l'applauso, dedica il pezzo seguente al suo patrigno Peter dicendo semplicemente: «Peter questo è per te!», e attaccano *Thinking of you* di Lenny Kravitz.

Sento all'improvviso le lacrime scendermi lungo le guance.

Penso a me che rido con i miei amici, a quando prendo l'aereo per New York, alla prima volta che ho fatto l'amore con David, a lui che se ne va, a Jeremy che mi spinge contro il muro ed esco di corsa dal locale.

Forse ho davvero sbagliato tutto. Sono una pazza visionaria, eternamente adolescente, che non si accorge di non stare andando da nessuna parte, mentre tutti gli altri piano piano trovano il loro posto nell'immenso puzzle della vita.

Sta cominciando a piovere mentre rovisto nella borsa cercando disperatamente l'accendino e il trucco mi cola giù, quando sento una voce familiare dirmi: «Anche quando credi di cadere nel burrone, c'è sempre qualcuno pronto a prenderti al volo».

Alzo la testa di scatto.

È Edgar.

Il mitico Edgar.

E io sembro un panda!

Mi viene da ridere e da piangere, è una situazione assurda, ma sono così felice di vedere quest'uomo!

«Ma che ci fa lei qui?», esclamo mentre cerco di asciugarmi le lacrime con il dorso della mano.

«Sono qui con alcuni amici e l'ho vista correre fuori. Non sapevo se quello al tavolo era il suo ragazzo, ma quando ho visto che non si muoveva, sono corso a vedere come stava!».

«Quello è Mark, è il mio coinquilino ed è pure gay, si figuri!».

«Non brilla in fatto di sensibilità, mi pare».

«Non è questione di sensibilità è che era tutto concentrato ad adorare il barman e... posso farle una domanda Edgar?»

«Prego».

«Come faceva a sapere che mi piace Salinger».

«Non lo sapevo in realtà, ma avrei voluto che le piacesse, per me è il migliore e siccome lei mi è piaciuta subito, ho semplicemente sperato di condividere una mia passione con lei».

«Lei non sa che il mio sogno è...», e mi blocco. Sono decisa a non lasciarmi più trascinare dall'entusiasmo, l'ultima volta l'ho pagata cara.

«Qual è il suo sogno?»

«Niente di speciale sa, sono una sciocca a raccontare le mie cose ad uno sconosciuto».

«Lasci giudicare a me per una volta».

«Vorrei andare a Cornish e lasciare a Salinger un biglietto che ho scritto molto tempo fa, quando ho deciso di diventare una scrittrice».

«Lei scrive?»

«Sì, in Italia ho pubblicato qualcosa, racconti, poesie e ora sto lavorando ad un romanzo».

E mi vengono in mente le parole di Helen: «Non annoiarlo a morte parlandogli del libro a meno che non sia un editore con qualche migliaio di dollari da regalarti».

Ma io non voglio assolutamente far colpo su di lui.

«Scusi, ma lei che lavoro fa?», chiedo tirando su col naso.
«Ho una casa editrice a Edimburgo».
«Ah!».
È tutto quello che riesco a dire... una vocale!
E giuro di sentire il rumore della mia faccia che si incrina per la sorpresa.
«Rimarrò qui a New York per circa due mesi e se vuole farmi leggere qualcosa, ne sarei onorato».
Onorato? Addirittura?
«Ecco... sì... cioè... certo le lascio il mio numero. Io ora devo rientrare, sa i miei amici... e anche i suoi... oddio sono così sorpresa...».
E ricomincio a frugare nella borsa in cerca del cellulare, o una penna o un calmante mentre lui mi guarda divertito.
«Allora, ecco questo è il mio numero, la chiamo io d'accordo? Cioè, mi chiama lei...».
Oddio come sono confusa.
«Non vedo l'ora», mi stringe la mano, sorride e va via.
Ho paura ad esultare, ma se fino a un momento fa ero in piena depressione, adesso sono su una nuvola, anche se devo essere cauta perché non si sa mai.
Prenderò informazioni su di lui e poi lo incontrerò solo fuori casa.
Si chiama Edgar Lockwood e la sua casa editrice è la Lockwood & Cooper.
Cercherò su Internet.

Non resisto e, tornata a casa, mi metto subito a cercare informazioni sulla Lockwood & Cooper che, a quanto pare, è anche quotata in borsa.

Hanno pubblicato un bel po' di scrittori inglesi e mi sembra decisamente una cosa seria.

A quanto vedo, il mio misterioso amico Edgar, nato il 28 febbraio del 1957, è l'attuale socio maggioritario della casa editrice da quando il padre è morto nel 1982.

Lui aveva solo venticinque anni quando ha preso in mano la società.

Quindi ha quarantasette anni ed è dei pesci.

Ho le informazioni fondamentali.

Tuck and Patty sono appena rientrati – ormai chiamarli Sandra e Julius è troppo riduttivo – e il piccolo Mark è rimasto a rimorchiare il suo barman preferito.

Spero sempre che non si metta troppo nei guai, è così ingenuo e in fondo la sua famiglia siamo noi, perché con la madre che si ritrova...

Una volta è venuta qua a casa. Indossava un completo di similpelle rosa fucsia, aveva le unghie finte, la bocca finta e le tette finte. Sembrava la nonna della Barbie... anche il cane mi è sembrato un po' statico.

Nel giro di sette minuti dalle presentazioni, è riuscita a dire a Sandra che è troppo grassa, a me che ho un accento tremendo e continuava a chiamare Mark «bambolina»!

L'abbiamo odiata e abbiamo giurato di non vederla mai più. Per fargliela pagare abbiamo convinto Mark a fare quella famosa telefonata in diretta, spacciandosi per un esperto di vini, e quando lui le ha detto di essere gay, lei ha fatto una faccia così sconvolta che abbiamo creduto le saltassero i punti del lifting.

Quella scena l'abbiamo riguardata centinaia di volte al videoregistratore e quando qualcuno di noi è un po' giù ce la ripassiamo al rallentatore.

Per questo non ho assolutamente intenzione di chiedere aiuto a lei per quanto riguarda la pubblicazione del mio libro.

E poi la sua trasmissione fa schifo.

Riprendo in mano la lettera per Salinger che porto sempre con me e che è il mio portafortuna.

In realtà io la chiamo lettera, ma è una busta azzurra che contiene un cartoncino dello stesso colore dove ho scritto un proverbio irlandese: «Possa Dio tenerti nel palmo della sua mano fino al nostro prossimo incontro», seguito da un «grazie», in italiano.

Per anni ho cercato di scrivergli cose che fossero originali, ma non le leggerebbe, quindi ho cercato di raggiungere la sua già tormentata anima con qualcosa di dolce e molto profondo.

Chissà se riuscirò mai a vederlo, ha già ottantaquattro anni.

Mentre sono qui che rifletto, sento bussare alla porta ed è Sandra che mi chiede se ho voglia di parlare.

Ho così voglia di parlare che quasi scoppio, sono settimane che non riusciamo a dirci niente.

Io e lei, in fondo, siamo molto legate anche se non ci perdiamo in smancerie.

«È stata una settimana dura vero?», mi dice mentre si fa le treccine.

«Già, ne sono successe di tutti i colori».

«Ti ho vista uscire dal locale di corsa, ero preoccupata».

«Sì, mi è venuto un magone tremendo quando hai cominciato a cantare *Thinking of you*».

«Du non dovere essere gosì debressa, bigola gara!», fa lei e scoppio a ridere.

L'adoro quando imita Mami di *Via col vento*.

«Moldo bresdo arivare bringibe azzurro, dovere solo avere bazienza!... Dammi la mano sinistra».

«Me l'hai già letta l'altra settimana non credo che ci siano novità».

«Sono io la strega fammi vedere subito... A-ha! Lo vedi? È chiarissimo, vedi questa linea qui?»

«Quale quella lunghissima? È la linea della iella no?»

«Ma no, è quella dell'amore ed è intersecata da una linea che l'altro giorno non c'era. Chi hai conosciuto?», mi chiede alzando il sopracciglio.

«Nessuno!», e nascondo la mano dietro la schiena.

«Lo sapevo, la mano non mente mai, voglio i dettagli e non costringermi a farti le carte di nascosto!».

«Ma non so nulla di lui, ti giuro, è un uomo che ho conosciuto in negozio e non so niente a parte che è molto carino, è un intellettuale, però non è noioso, anzi è molto simpatico, vive a Edimburgo e ha una casa editrice».

«Segno zodiacale?»

«Pesci».

«È perfetto».

«Se lo dici tu».

«Ora ti darò una delle mie famose lezioni sugli uomini: devi sapere che il principe azzurro non arriva su un bel cavallo bianco sguainando la spada, ma arriva a piedi, è pieno di polvere, puzza di sudore e si è anche perso un paio di volte prima di arrivare, ma prima o poi arriva. Tu però devi essere molto ricettiva perché non ce l'ha scritto in faccia "sono l'uomo per te". E poi smettila di paragonare tutto il mondo a David».

«Già, però io lo amavo!», sospiro.

«Astrologicamente eravate uno schifo e adesso parliamo di me, perché ho una notizia bomba, ma non devi parlarne con nessuno».

«Cos'è, hai un contratto con una casa discografica?»

«No, credo di essere incinta!».

Resto a bocca aperta per circa dieci secondi.

Non so se è contenta o meno, ma se fosse capitato a me, sarei talmente nella merda da annegare.

Finalmente mi viene in aiuto.

«Non sei contenta?», dice aggrottando la fronte.

«Sì come no!».

Che pessima bugiarda sono.

«È che non riuscivo a capire se eri felice o no, mi hai messo paura!».

In realtà non sono ancora del tutto convinta che lei si renda conto di cosa significhi avere un bambino, ma spero che abbia considerato tutti i pro e i contro.

Sono sempre stata una frana con i bambini e durante la distribuzione dell'istinto materno devo aver sbagliato fila, però se c'è una donna che vedo bene a fare la mamma, questa è proprio Sandra.

«Ne sei sicura al cento per cento?»

«Diciamo al novantanove. Ho fatto un test stamattina, ma me l'aveva detto mia nonna in sogno sere fa».

«E Julius, cosa ha detto quando lo ha saputo?»

«Non gliel'ho ancora detto, ma ne avevamo parlato e a lui piacciono i bambini».

«Pensaci Sandra, questo bambino avrà genitori musicisti, una madrina italiana e una madrina gay, non è fantastico?»

«Già! In confronto i figli di Madonna sono dei dilettanti!».

«Quando hai intenzione di dirglielo?»

«Domani, dopo la visita dal ginecologo, voglio esserne certa. Mi raccomando, nel frattempo, acqua in bocca con tutti».

Mi dà un abbraccio, mi bacia sulle guance ed esce.

Se non la finiscono con le sorprese, prima della fine dell'anno mi verrà un infarto!

# QUATTRO

Mi chiama Edgar e decidiamo di vederci nella pausa pranzo.
È così educato che quasi mi sento in imbarazzo. Ci vediamo in un piccolo caffè vicino al negozio.
Logicamente piove e così mi si bagnano tutti i fogli.
Lo vedo subito, seduto ad un tavolo alla finestra del caffè. Com'è carino con i capelli sempre spettinati. Appena mi vede mi saluta con la mano.
Ho portato i racconti che gli ho detto di aver pubblicato in Italia, in realtà li ho pubblicati a spese mie, anzi, ad essere onesti, a spese di mio padre, ma questo non è tenuto a saperlo e comincio a parlargli de *Il giardino degli ex*.
Mi ascolta con molta attenzione e io cerco di scegliere le parole nel modo più accurato possibile, per fargli capire che sto facendo sul serio, anche se a dire la verità mi sento come ad un colloquio di lavoro. E in un certo senso lo è.
E se, quando ho finito di leggere, mi scoppia a ridere in faccia? O se, addirittura, mi dà una pacca sulla spalla e mi dice di lasciar perdere? Visto come stanno andando le cose in questo periodo sono pronta a tutto.
Al contrario, quando ho finito di raccontargli la trama

e di leggergli quello che ho scritto, è entusiasta. Gli piace il mio stile, dice che è frizzante, ironico e che gli è venuta un'idea, ma che prima deve fare un paio di telefonate a Londra.

Alla fine del pranzo, sono così euforica che non riesco a smettere di sorridere e girandomi di scatto do una gomitata nello stomaco alla cameriera che cade all'indietro.

Sono mortificata, ora penserà che mi manca qualche rotella, invece mi racconta che da quando è a New York continua a rischiare di rimanere schiacciato dalle macchine perché non si ricorda mai che qui – e in tutto il resto del mondo – si tiene la destra.

Evito di raccontargli che continuo a sbagliare direzione quando vado in metropolitana per non aggravare la situazione.

Edgar mi è decisamente simpatico, lo trovo rassicurante e lui non sa quanto io abbia bisogno di protezione e di buoni consigli in questo momento della mia vita.

Lui non immagina di quanto io abbia bisogno di un padre. O forse lo ha percepito.

Oppure è un buddista.

Quando ci alziamo per andare via, mi promette di chiamarmi la sera stessa per aggiornarmi sulle novità, però a casa perché lui odia i telefonini. Meno male che me lo ha detto, perché avevo già deciso di mandargli un messaggino di ringraziamento!

Quando torno a casa, sono eccitatissima anche perché Sandra dovrebbe avere i risultati delle analisi.

Entro immaginando che Sandra stia preparando banane fritte per festeggiare e invece è lì in piedi con un faccino tutto triste e gli occhi gonfi.

Ma è possibile che io non riesca mai, dico MAI, ad entrare in questa casa e a dare una buona notizia a qualcuno? Devono aver girato qui *Non aprite quella porta!*

Forse sotto le fondamenta ci sono i resti di un cimitero indiano!

«Vuoi la buona o la cattiva notizia?», dice Sandra.

Odio questa domanda, giuro, perché la cattiva notizia è sempre talmente catastrofica da annullare completamente la buona.

«La buona è che sono incinta», dice.

Figuriamoci la cattiva.

«E la cattiva riguarda Julius?», dico.

«Sì, se n'è andato».

«Un gesto da principe...», non posso trattenermi dal dire.

«Ha detto che non se la sente di fare il padre, almeno non ora che comincia ad ingranare con la musica».

«Un originale, senza dubbio...».

«Io lo voglio questo bambino, però voglio anche lui».

«Mi togli una curiosità Sandra, ma come mai per quanto riguarda il tuo futuro, non ci azzecchi mai?»

«Il dramma è che su di me non vedo niente, pare che sia così per tutte le grandi sensitive».

«Sì, dev'essere così, ma vedrai che tornerà, forse è solo spaventato».

Quando arriva Mark, lo mettiamo al corrente delle ultime novità e dalla gioia si mette a saltellare come solo i gay sanno saltellare e a lanciare urletti come solo i gay sanno fare.

È uno spasso. Inutile dire che di Julius non gliene frega proprio niente, anzi è felice che se ne sia andato perché non sopportava che fumasse in bagno.

Almeno lui l'ha presa bene e Sandra sembra un po' più serena.

Il telefono squilla ed è Edgar che ha ottime novità per me.

Prima che dica qualunque cosa lo invito a venire a casa, mi sembra un atto di fiducia nei suoi confronti.

Lui ha paura di disturbare, ma alla fine accetta.

Ho un'ora di tempo per riordinare la camera e dare l'impressione di essere una scrittrice di successo.

Accendo il computer, sparpaglio un po' di fogli per terra perché fa più creativo e lascio in bella vista il portacenere pieno di cicche. Accendo un paio di candele per dare quel tono leggermente mistico e mi fermo appena in tempo prima di far bruciare un incenso, perché con tutto quello che accende Sandra, sembra già di essere in un tempio indiano e metto i miei occhiali da vista – finti – per avere un'aria intellettuale.

Puntualissimo, suona il campanello e gli apro io. Ha in mano un mazzo di fiori.

Se c'è un biglietto con scritto «Ti amo», lo spingo giù dalle scale.

Indossa un maglione blu a collo alto che mette in risalto gli occhi nocciola, ha un leggero velo di barba e il solito sorriso splendido.

È davvero un bell'uomo, ma non posso fare pensieri erotici sul mio futuro capo.

Gli offro un tè e naturalmente ci metto venti minuti a trovare la bustina e le tazze buone. Non ho più latte, ma solo un pezzetto rinsecchito di limone, e non ho neanche i biscotti.

Che figura...

Ci accomodiamo in salotto e comincia a parlarmi della sua proposta.

«La tua idea de *Il giardino degli ex*», dice, «mi ha fatto venire in mente che ho degli amici a Londra che producono commedie teatrali e musical, soprattutto nella zona di Covent Garden».

Conosco, conosco, c'era un posticino chiamato Food for thought, dove servivano una focaccia divina, chissà se c'è ancora? Non dovrei pensare al cibo mentre c'è in ballo il mio futuro...

«Ho parlato con queste persone dicendo che ho per le mani una promettente commediografa che ha scritto un romanzo di prossima pubblicazione presso la Lockwood & Cooper e che si presterebbe perfettamente allo stile teatrale che in questo momento va per la maggiore a Londra e si sono detti estremamente interessati. Che ne pensi?».

Penso: sei completamente suonato perché il romanzo non è neanche a metà e non so ancora esattamente come andrà a finire.

Dico: «Sei completamente suonato perché il romanzo non è ancora a metà e non so ancora esattamente come andrà a finire!».

«Ma è proprio qui il bello! Se non ti butti, i tuoi sogni rimarranno tali. Io so riconoscere il talento quando lo vedo e tu, ragazza, hai talento, ma hai bisogno di qualcuno che creda in te e io ci credo!».

«Edgar, non ce la posso fare!».

«Ce la devi fare, ti starò addosso giorno e notte, hai due mesi di tempo, cioè il tempo che io rimarrò qui a New York e ti potrò aiutare con l'inglese e la correzione delle bozze. Quando tornerò a Edimburgo, ci sarà da preoccuparsi del lancio pubblicitario e dell'ufficio stampa».

Ho bisogno d'aria.

Sono talmente abituata ai fallimenti, che i successi mi pare quasi di non meritarli, eppure se lo dice lui che è un esperto, dovrà essere vero.

Vorrei tanto sapere cosa prova la gente sicura di sé, ma sono certa che non è paralizzata dal terrore come me in questo momento. Non ho paura di fallire, ma di riuscire davvero a fare qualcosa nella vita. Sono imbattibile nell'autocommiserazione, ma quando qualcuno mi dice brava, trovo sempre qualche scusa per dire che non me lo merito.

«Ti senti bene? Sei bianca come un fantasma».

«Ed... posso chiamarti Ed?»

«Certo».

«Sono un po' stanca e tutte queste emozioni mi hanno un po' scossa».

Cristo parlo come Jane Austen, adesso ci mancano i sali!

«Ti dispiace se ci penso su stanotte e domani ti chiamo, così ne parliamo?»

«Okay, per me va bene, ma non voglio che tu ti lasci prendere dal panico, voglio che tu abbia fiducia in me».

Detto questo lo accompagno alla porta, gli bacio la guancia di sfuggita – che profumo ha? – e chiudo la porta. Credo di avere la febbre.

Non ci dormo la notte.

Stamattina non devo lavorare e, mentre vado a prendere la posta, vedo un volantino su un corso di yoga sulla 94ma. Decido di andare, forse mi farà bene rilassarmi un po'.

In realtà, sto facendo di tutto per convincermi che è una follia e che non posso farcela, quindi ho intenzione di temporeggiare.

Mi prendo la mezza mattinata libera e poi, verso le tre del pomeriggio, anzi le 14 e 53, un orario che non sembrerà premeditato, lo chiamerò e gli dirò che in realtà la sua proposta non mi interessa perché… perché lo troverò strada facendo un perché.

Mentre sono in metropolitana, ripeto dentro di me il discorso, o meglio, i discorsi che ho intenzione di fargli, perché in fondo ho un lavoro in un negozio prestigioso, in una città che è il centro del mondo, prospettive di carriera… ma chi voglio imbrogliare?

Eccomi arrivata all'indirizzo.

È un vecchio palazzo molto bello e, come tutti i grandi palazzi di Manhattan, mette una certa soggezione. Sarà che qui intorno sono tutti così miliardari che non posso fare a meno di sentirmi l'ospite povera.

La sala è enorme e piena di gente che ha l'aria di saperla lunga. Sono tutti piuttosto attempati, quindi dovrebbe essere facile stare al loro livello.

L'insegnante si chiama Veronica e subito mi adocchia e mi mette in prima fila.

Invano cerco di protestare, dicendo che sto benissimo dietro agli altri, ma lei insiste con un tono che non ammette repliche e quindi obbedisco.

Cominciamo con una serie d'inspirazioni ed espirazioni.

Guardo gli altri e vedo che sono tutti concentratissimi ed hanno delle tute costosissime, tappetini intessuti dall'ultimo imperatore in persona, succhi biologici color fango.

Mentre mi guardo intorno, Veronica mi riprende immediatamente a voce alta in modo da sottolineare che chi non si concentra non è il benvenuto e gli altri mi guardano con sufficienza.

Okay, fin qui è facile, poi cominciamo una serie infinita di piegamenti che mi fanno immediatamente ricordare che è troppo tempo che non faccio alcun tipo di ginnastica.

Comincio a confondermi e la perfida Veronica chiede a Rosy, che avrà ad occhio e croce novecento anni, di mostrarmi come si fa e la simpatica vecchietta esegue in maniera impeccabile l'esercizio con un bell'applauso da parte di tutta la classe.

Ecco che dobbiamo piegare la gamba destra allungando la sinistra e passare il braccio destro sotto la gamba e il sinistro attorcigliarlo dove capita, poi giù a toccarsi le punte dei piedi e poi su un'altra volta, il tutto scandito da nomi inquietanti che sembrano nomi di piatti indiani che ho mangiato di recente. Mi aspetto da un momento all'altro, di sentirmi dire: «Chicken tandoori» o «Chapati».

Sono sfinita, ma non mollerò anche perché la vecchia Rosy è accanto a me e aspetta solo che io ceda per ballare sul mio cadavere.

Alla fine Veronica mi guarda e con fare provocatorio ci dice, continuando a fissarmi, di stringere l'ano e contemporaneamente tirare fuori al massimo la lingua urlando non so quale vocale.

E sinceramente non capisco perché si debba stringere l'ano davanti a Veronica due volte a settimana per cento dollari al mese.

Fingo un malessere e me la svigno anche se Rosy cerca di offrirmi del succo di terra.

Esco più tesa di un aquilone e me ne vado a bere un lungo, abominevole caffè su una panchina in Central Park.

Ogni tanto ci vado nella speranza di vedere qualche star del cinema.

Visto che un sacco di attori e cantanti hanno la casa da queste parti, non dovrebbe essere così difficile vederne qualcuno. A volte i personaggi famosi vanno in giro tutti imbacuccati per non farsi riconoscere, allora fisso tutti attentamente per non perdermi nessuno.

Una volta ho visto Adrian Brody passeggiare sulla Fifth Avenue: era bellissimo. Ho incrociato il suo sguardo per un istante, giusto il tempo di notare che ha gli occhi di un verde muschio terribilmente profondo.

Mi siedo su una panchina fra le foglie e mi accendo una meritatissima sigaretta mentre guardo i tipi che fanno jogging e mi domando chissà dove corrono.

A un certo punto vedo Mark in lontananza che attraversa la strada. Lo chiamo, ma c'è così tanto traffico che non mi sente e ha l'aria di andare di fretta.

Sembra teso. Comincio a seguirlo per raggiungerlo, ma sta quasi correndo e le mie gambe tremano ancora per lo sforzo immane, quando lo vedo entrare al Mount Sinai.

Perché va in ospedale?

A questo punto, faccio appello alle ultime forze e corro come una matta.

Non capisco, se c'era un'emergenza me lo avrebbe detto, siamo usciti di casa insieme.

Ho il fiatone, ma continuo a correre, entro trafelata e tutta rossa in viso, mi guardo intorno e temo di averlo perso. Poi con la coda dell'occhio, vedo la sua immagine riflessa nello specchio dell'ascensore che si chiude.

Non mi resta che tentare le scale, per fortuna l'ascensore non è troppo veloce.

Scende al quinto piano e faccio appena in tempo a vederlo sparire attraverso due porte metalliche su cui leggo la scritta «Malattie infettive e HIV».

Cazzo. No. Non è possibile.
Il sangue mi si gela nonostante la corsa.
Resto lì impalata a fissare la porta, incapace di fare un passo.
Allora Mark sta male e viene qui a fare la terapia. E si è tenuto dentro tutto questo da chissà quanto tempo.
«Sta cercando qualcuno?», dice una voce alle mie spalle.
È un infermiera. «Ha visto entrare un ragazzo alto e magro pochi minuti fa?»
«Vuole dire Mark?»
«Sì, lo conosce? Può dirmi perché è qui?»
«Mark è un volontario».
«Volontario?»
«Sì, è da circa un mese che viene qui due o tre volte a settimana, ad assistere i malati terminali di Aids. È un ragazzo straordinario».
Mi avvicino alla porta a vetri e lo vedo mentre sorride ad un ragazzo che pesa meno della sua stessa ombra e gli rinfresca il viso con un fazzoletto e gli tiene la mano.
Allora era vero quando diceva che voleva aiutare gli altri, e io non l'ho preso sul serio.
Resto lì a guardarlo senza che lui mi veda, incollata al vetro con le lacrime di sollievo e tristezza agli occhi, e lo invidio profondamente, perché lui ha trovato la sua vera vocazione mentre io me la faccio sotto anche all'idea di dover scrivere uno stupidissimo romanzo.
Sono solo una vigliacca, o scrivo questo romanzo o tanto vale che me ne torni a casa anche adesso.

Ho deciso, chiamo Edgar e faccio atto d'umiltà. Gli dirò di quanto sono insicura, di quanto ho paura di affrontare questa cosa e che se non mi aiuta lui, da sola non ce la farò.

È patetico, ma è la verità. È curioso, sono davvero le 14 e 53 e non è premeditato.

Lo chiamo e gli dico tutto d'un fiato che accetto, ma che ho bisogno di parlargli seriamente e lui scherza dicendo che non mi farà firmare nessun contratto da meno di un milione di dollari. Io non ho voglia di scherzare, anche perché non so come lavorerò sotto pressione, e se mi viene il blocco creativo?

Vado al lavoro tutta scombussolata e non nascondo che dentro di me aleggia il fantasma della vendetta. Già mi vedo vestita di Dolce & Gabbana che compro all'insaputa delle zie tutto il palazzo, dopodiché le sfratto, per poi assumerle come mie cameriere personali e portarle al guinzaglio.

Mentre mi perdo in questi dolci sogni, arriva la cara vecchia Stalla, fresca di manicure, che mi fa notare che mancano dei soldi dalla cassa, circa seicento dollari per la precisione.

«E da quando in qua conti tu la cassa?», domando.

«Da quando Miss V mi ha autorizzata, sotto mio consiglio, a controllare più da vicino il personale».

«Ma il personale siamo noi due, ti faccio notare».

«No, il personale sei tu, io sono la responsabile».

«Ah e quindi se non ho capito male, mi stai accusando di furto, giusto?»

«No, però ti tengo d'occhio, sappilo!».

Ma guarda che stronza mi doveva capitare, c'è della gente che la mattina si alza con il preciso scopo di rendere impossibile la vita degli altri.

È talmente vipera che appena le dici qualcosa piange e tutti corrono a consolarla perché fa così tanta tenerezza con i suoi occhioni blu.

Banalissime lenti a contatto colorate. Dio come la odio.

È una di quelle persone che riesce a far finta di lavorare così bene, che gli altri ci credono davvero alla sua stanchezza. Arriva in ritardo facendo sentire in colpa te e riesce a parlare al telefono per ore senza mai essere beccata.

Segretamente l'ammiro perché io sono tutto il contrario. Mi beccano sempre!

Però questa storia dei seicento dollari mi sa tanto di complotto e non ha il diritto di farlo. Il fatto è che non ho alcun alleato da parte mia.

Poi scommetto che la sua nuova borsetta di Prada costa giusto seicento dollari.

Devo solo stare molto attenta, perché le belve sono affamate...

# CINQUE

Edgar viene da me per fissare un piano di lavoro. Adoro queste frasi roboanti come «fissare un piano di lavoro». Il problema è che sono io a dover lavorare.

A casa non dico niente a Mark, ma sono così profondamente fiera di lui che lo vedo sotto tutt'altra luce. Vorrei che sua madre sapesse com'è meraviglioso suo figlio, ma quel cervello di gallina non capirebbe niente e troverebbe da dire che i guanti di lattice creano delle allergie.

Mark e Sandra sono ancora intenti a scegliere un nome e ogni tanto sentiamo gridare cose tipo: «Non chiamerai mia figlia Priscilla in onore della regina del deserto, né Barbra come la Streisand e né Donna come la Karan!».

Edgar mi spiega che le scadenze sono prossime e che devo veramente lavorare sodo ma che, alla fine di tutto questo, la ricompensa sarà enorme e non solo in fatto di soldi.

Mi chiedo solo se almeno lui sa quello che fa.

Dobbiamo sgobbare come matti tutte le sere dalle 8 fino alle 3 del mattino.

La domenica cominciamo di primo pomeriggio, sono

riuscita a farmi concedere un week-end agli Hamptons da Helen, che ultimamente non è stata bene, e dobbiamo ancora festeggiare il suo compleanno e poi la domenica in cui Edgar andrà al matrimonio.

È incredibile, ma non ho mai avuto questa sensazione prima.

Mi sento consapevole di quello che sto facendo, e non lo faccio solo per fare qualcosa ingannando me stessa e perdendo tempo come ho fatto per anni. Riesco a scrivere per ore trovando sempre qualcosa di originale e per di più non è nemmeno la mia lingua.

Io e Ed formiamo una vera e propria squadra e mi sento protetta come non mi ero mai sentita prima, e lui crede davvero in me.

Come forse nessuno mai prima d'ora.

E se fosse come in quel telefilm in cui gli angeli vengono in soccorso degli sfigati in difficoltà e poi, quando va tutto bene, spariscono per sempre?

Ho voglia di chiamare mia madre e raccontarle un po' di avvenimenti.

Lei non lo dice, ma in realtà è molto preoccupata per me, ha paura degli attentati, delle bombe in metropolitana, delle armi chimiche, dei serial killer, e di Scientology.

Perciò forse stasera è meglio che non la chiami visto che da due giorni non succede niente di allucinante. E poi non vorrei rischiare di essere aggiornata sugli ultimi matrimoni-divorzi-gravidanze delle mie ex compagne di liceo.

Non ho ancora sul mio conto un numero sufficiente di novità positive per poter competere con gli anni delle vite regolari e piene di successo delle mie amiche.

Arrivo in negozio bagnata fradicia e Stella mi viene incontro come sempre, perfettamente truccata e pettinata, con la grande notizia che è stato rubato il telefonino di Miss H.

Indovinello: chi è la maggiore indiziata?

Mi aspetto che da quella porta entri il tenente Colombo in persona per prendermi le impronte digitali con la scusa del bicchiere d'acqua.

Dentro di me rido, perché qui dentro sono davvero malati di mente e quando sarò famosa, scriverò un romanzo che ambienterò in un ospedale psichiatrico e chiuderò in una stanza tutte loro, compresa la mogliettina di mio padre che è la vera regista di tutta questa farsa, e getterò la chiave.

Sento che il voluttuoso fascino del potere mi prende la mano!

Le due vecchie, che in fondo sono completamente succubi della perfida Stella – e mi fanno anche un po' pena devo dire – mi aspettano per l'interrogatorio nel retro bottega.

Chissà se hanno messo un metal detector...

Entro e le due vecchie, sempre più malconce, mi squadrano da capo a piedi e Miss V mi dice: «Stella l'ha messa al corrente dell'increscioso fatto verificatosi ieri sera in questi locali?»

«Quali locali?», fa eco Miss H.

«Questi locali, significa qui dentro», dice Miss V un po' seccata.

«E perché non dici qui dentro? Non si capisce mai quando parli».

«Ti prego, non interrompermi, Henrietta. Dunque dicevo, Stella l'ha messa al corrente di quello che è successo qui dentro ieri sera?»

«Sì, Miss V, giusto un momento fa».

«*Ti prego, non interrompermi, Henrietta*», ripete Miss H scatarrando rumorosamente.

«Lei dove si trovava esattamente ieri sera fra le 18 e le 19.30», riprende Miss V.

«Ma qui in negozio naturalmente, c'era anche Stella».

«Stella dice che lei si è assentata senza avvertire e che poi è riapparsa mezz'ora più tardi dal retro bottega».

Brutta merdona... beeep, stron... beeep, beeeeeep la censura non mi passerebbe niente di tutto quello che sto pensando in quest'istante.

«Ero andata a cercare un ago e un filo per cucire un bottone alla camicetta di Stella, e proprio lei mi ha autorizzata ad andare nel retrobottega!».

Non vorrei, ma comincio a mettermi sulla difensiva.

«Vi assicuro che non mi sarei mai sognata di darle un permesso del genere», dice Stella sgranando gli occhioni blu.

«Stella dice anche di aver visto il telefono in carica proprio nel retrobottega dove l'aveva lasciato Miss H», dice Miss V.

«Che ho fatto io nel retrobottega?», si lamenta Miss H.

«Il telefonino in carica, Henrietta, hai lasciato il telefono sul caricabatterie».

«Io non carico le batterie!».

«Non tu, Henrietta, l'apparecchio!», fa Miss V esasperata.

«Che apparecchio?»

«Ma io non sapevo nemmeno che Miss H avesse un telefonino!», dico piagnucolando.

E tuttora sono convinta che non ne abbia uno, ma che le abbiano fatto il lavaggio del cervello, povera donna!

«Quando avete finito di parlare in codice, chiamatemi», dice Miss H, allontanandosi barcollando.

«Lei è al corrente della sparizione di seicento dollari dalla cassa di ieri, non è vero?», dice Miss V.

«Sì, me lo ha detto Stella, ma non so cosa dire. Qui quasi nessuno paga in contanti e non vado praticamente mai alla cassa».

«Stella dice di averla sorpresa con le mani nella cassa e che lei si è giustificata dicendo che non erano affari suoi!».

«Ma non è vero, Stella mi ha detto di contare i pezzi da cento dollari e poi di metterli in una busta perché lei li avrebbe portati in banca e io l'ho fatto».

Ora sono davvero sulla difensiva.

Mi volto verso Stella, ho le lacrime agli occhi dalla rabbia, e le dico:

«Ti giuro Stella che in vita mia non ho mai conosciuto una persona perfida come te. Faresti di tutto per calpestare gli altri, ma la cosa più triste è che sei consumata dall'invidia e ti assicuro che qualunque cosa tu faccia nella vita, sarai sempre insoddisfatta perché quello che ti manca veramente e che non potrai mai avere è un cuore!».

Detto questo afferro la mia roba dal bancone e faccio cadere la nuova borsa di Prada di Stella dalla quale esce il telefonino di Miss H.

È anche stupida allora.

La guardo con disprezzo per alcuni secondi e me ne vado sbattendo la porta.

Sono furiosa, ma sto da Dio!

Mi sento come Kathy Bates nel film *Pomodori verdi fritti* quando grida «Towanda!», mentre distrugge la macchina di quella stronza che le ha fregato il posto nel parcheggio.

Mi sono veramente sfogata dopo un anno e mezzo di soprusi e frustrazioni. La piccola Heidi si è ribellata alla signorina Rottermeyer.

Avrei voluto dirle molto di più e molto peggio, ma trovo che ci fosse molta dignità in quello che le ho detto. Se le avessi dato della carogna – cosa per altro meritatissima – avrebbero pensato che sono la solita cafona italiana e, come tale, ladra.

Al contrario così, me ne sono uscita da gran signora.

Non avrei voluto piangere, ma è stato più forte di me.

E vaffanculo!

E ora che sono disoccupata, prima che arrivi l'ordine di estradizione, me ne vado agli Hamptons oggi stesso.

Quando chiamo Judith, mi dice che le cose non vanno affatto bene, loro sono già da Helen, che sta davvero male e, a quanto mi dice, non credono che ce la farà.

Mi pregano di raggiungerli al più presto e mi precipito col primo traghetto che trovo nel pomeriggio stesso.

Da lontano vedo il dondolo vuoto sulla veranda e basta questo a farmi capire che la situazione è grave.

Sam mi viene incontro ed è molto triste. Helen ha delle gravissime complicazioni respiratorie e il cuore è troppo debole, non credono che passerà la notte.

Non so come, ma me lo sentivo, quando mi hanno detto che per il suo compleanno stava male ho avuto un brivido anomalo e questa notizia me l'aspettavo già.

Una vita a due pacchetti di sigarette al giorno.

Avevo portato con me il mio regalo, ma mi sembra così stupido adesso.

Entro nella stanza illuminata appena dalla luce di una piccola abat-jour. Judith è seduta su una poltrona accanto al letto. Sul comodino ci sono un sacco di medicine, i suoi occhiali, il suo anello e la sua Bibbia.

Mi ricorda l'uccellino caduto dal ramo che avevo trovato in giardino da piccola e che avevo messo in una scatola con il cotone.

Era ferito, tremava tutto e teneva gli occhi strettissimi, io lo vegliai tutta la notte convinta che se lo avessi guardato sempre, lui non sarebbe morto, ma poi il sonno fu più forte di me e quando la mattina mi svegliai, la mamma mi disse che era volato via, ma io sapevo che non era vero.

Ho un brutto rapporto con la morte, temo più quella

degli altri che la mia, perché sento che non potrei sopravvivere al dolore.

E in queste circostanze non c'è niente da dire.

Mi avvicino pianissimo e mi metto a sedere per terra accanto a lei e appoggio il mento vicino alla sua mano.

Helen socchiude gli occhi e mi guarda facendo uno sforzo incredibile per cercare di sorridermi e tendere la sua mano verso la mia testa.

Mi avvicino ancora di più e lei mi dice, in italiano, con un filo di voce: «Ciao bambina».

Ho un nodo in gola che m'impedisce di respirare, ma ho giurato che non piangerò davanti a lei.

«Ciao», le rispondo e non posso chiederle come sta perché so che sta da cani e non posso nemmeno raccontarle qualcosa per farla ridere, perché non c'è proprio niente da ridere. Lei se ne sta andando e non potrò fare niente per trattenerla.

Le appoggio la testa in grembo così mi può accarezzare i capelli e posso sentirla parlare.

«Ho avuto una bella vita sai... Sono stata una donna molto fortunata, ho avuto un marito che mi ha voluto bene... tre figlie splendide, tre nipotini e ho girato il mondo. Non ho avuto molti nemici e non ho rimpianti. Ora il Signore ha deciso di chiamarmi e io credo che sia il momento giusto. Non voglio vedervi piangere, e non voglio musi lunghi al funerale, anzi vorrei che quella tua amica cantasse qualcosa di Ella Fitzgerald».

Fa una pausa.

Una pausa lunghissima.

«Voglio che sappiate che io sarò con voi e vi proteggerò sempre. E poi magari rivedrò Clark Gable».

Cerca di ridere, ma le viene un forte attacco di tosse.

Io non riesco a dire niente.

«Nella vita l'importante è non aver mai paura di essere se stessi e fare sempre del nostro meglio per vivere serenamente con noi e con gli altri. È stupido perdere tempo prezioso coltivando la rabbia».

Judith si siede sul letto accanto a me, mentre Sam sta in piedi vicino alla porta insieme al cane che da una settimana non si muove dall'ingresso della camera.

Helen ci guarda lentamente uno per uno, con un impercettibile sorriso sulle labbra, una ciocca di capelli ribelli le cade sul viso. Dopodiché sento una leggera scossa alla mano che mi sta stringendo e capisco che se n'è andata via.

Allora cominciamo a piangere tutti quanti in silenzio, quasi a non voler infrangere la promessa, sentendoci disperatamente impotenti.

Guardo questo gracile corpo senza vita e mi aspetto di sentirla ridere da un momento all'altro, invece è tutto così schifosamente definitivo.

Lei è finita. Per sempre.

E la nostra vita va avanti.

Automaticamente ci alziamo e, quasi a volerle dare un ultimo saluto, ci andiamo a sedere sul suo dondolo. Guardando il mare c'immaginiamo di vederla allontanarsi mentre ci saluta con la mano.

Forse la vediamo davvero.

«Addio Helen», sussurro in italiano.

# SEI

Judith e Sam hanno insistito perché rimanessi, ma ho preferito tornare a casa.

Sandra mi dice che mi hanno chiamato varie volte dal negozio. Già il negozio.

Ieri mattina mi sembrava di aver fatto chissà cosa, ma davanti a quello che è successo, tutto prende un'altra dimensione. Le cose importanti non sono certo queste.

Aveva ragione Helen, inutile sprecare la vita avvelenandosi con la rabbia.

Li richiamo per sapere quali documenti dovrò firmare per andarmene definitivamente, e invece quando mi risponde, Miss V è insolitamente cordiale e mi dice che «si rammarica profondamente dell'accaduto e che Stella è stata allontanata e che si scusano per essersi comportate in modo così antiamericano».

*Politically correct.*

Devo ammettere di essere stata presa in contropiede, pensavo di dover fare le valigie.

Non mi aspetto che mi diano un aumento o una promozione, ma, conoscendole, riconosco che questo per loro è un grosso passo avanti.

Le racconto del lutto recente e il fatto che si sommi a quello fittizio di mio nonno di un mese fa, non mi rende onore. Le chiedo qualche giorno per rimettermi in sesto e acconsente.

Tanto so benissimo che dovrò recuperare il lavoro arretrato con ore ed ore di straordinari.

Chiamo Edgar che mi ha lasciato diversi messaggi molto preoccupati.

Gli racconto cos'è successo e gli dico che per alcuni giorni non ho voglia di scrivere.

Sono stati mesi infernali per me e voglio staccare un po'. Ho bisogno di stare sola.

Edgar mi chiede allora se ho voglia di accompagnarlo al famoso matrimonio la domenica successiva per svagarmi un po'. Mi dice che vale la pena assistere ad un matrimonio ebraico.

Stasera voglio godermi i miei coinquilini, vorrei stare un po' più vicina a Sandra e parlare a Mark di quello che gli ho visto fare in ospedale anche alla luce di quello che ho vissuto con Helen. Ci mettiamo a cucinare tutti insieme come non facciamo più da una vita.

Curioso come siamo tutti così diversi adesso, come se una corrente di cambiamento ci avesse investiti tutti.

Sandra è già entrata nel terzo mese ed è raggiante, Mark non ha più l'aria del fichetto che passa le serate tra un aperitivo e una festa per incontrare Rupert Everett e io, a quanto pare, fra poco sarò una scrittrice.

Mi fa ancora ridere tutto questo, però è effettivamente quello che ho sempre desiderato.

E sempre per citare Salinger: «La vita, a mio parere, è un caval donato»*.

Mentre Sandra sta cucinando pollo al curry, si volta e, leccando il cucchiaio di legno, dice: «Non avete idea di cosa mi abbia detto il ginecologo oggi».

Mark e io ci guardiamo un attimo e rimaniamo interdetti temendo una notizia, tipo che siano due gemelli.

«Ha detto che devo assolutamente mettermi a dieta».

Scoppiamo a ridere perché sappiamo che non c'è tortura peggiore per Sandra, che quella di mettersi a dieta.

«Voi non capite, ha detto che devo perdere almeno venti chili. In vita mia non ho mai passato un giorno a dieta e ora quest'imbecille decide che devo vivere con milleottocento calorie al giorno! Ma lo sapete quante sono milleottocento calorie?»

«Un pacchetto di biscotti e un barattolo di gelato al cioccolato», dico.

«Appunto e cosa pensa che potrò mangiare il resto del giorno... acqua? Cosa c'è che non va? Non gli piacciono le donne in carne? Qual è il suo problema, eh? Sono sempre stata in carne e ho intenzione di tenermelo il mio culo enorme. Io AMO il mio culo enorme. Nessun uomo al mondo si è mai lamentato del mio culo enorme! Spiegatemi perché qui a New York le donne devono essere tutte delle scope. Sapete cosa vi dico? Al diavolo i culi secchi e i dottori rincoglioniti, la prossima settimana cambio ginecologo!».

*Dal racconto *Teddy*, in *Nove racconti* di J.D. Salinger.

«Te l'avrà detto solo per la tua salute immagino», osa Mark.

«Che ne sa lui della mia salute! A casa mia, per generazioni, le donne hanno partorito in casa e non hanno mai neanche visto un dottore. Io stessa sono nata sul tavolo di cucina e adesso uno stupido dottore da *sit-com*, mi dice che devo prendere le vitamine, fare ginnastica e digiunare. Ma siamo matti?».

Nessuno dei due osa spiccicare una parola, però, forse, l'imbecille non ha tutti i torti visto che Sandra, a Mami di *Via col vento*, assomiglia eccome.

Oggi c'è stato il funerale.

È stato proprio bello e sono sicura che è stato come voleva lei.

C'erano tanti fiori colorati, nessuno era vestito di nero e Sandra ha cantato *Fly me to the moon* e *Unforgettable*.

C'erano anche le sorelle di Judith che vivono in Canada, insieme ai loro bambini, e un sacco di gente che la conosceva.

Tutti quanti hanno detto qualcosa di bello su di lei, di quanto fosse generosa, forte e umana e ognuno di noi si è sentito orgoglioso di averla conosciuta.

C'era un sacco di roba da mangiare e mi chiedo come faccia la gente a rimpinzarsi di cibo lì, a un passo dal morto. Eppure tutti mangiavano e bevevano come a Natale.

Forse, da brava italiana, sono più sentimentale, ma

quando sto tanto male mi si chiude lo stomaco e non mi passa nemmeno per la testa l'idea di abbuffarmi di torta di mele.

Neanche Sandra, nonostante le sue illazioni contro il ginecologo, ha toccato cibo. Diceva di avere la nausea, ma io so che non è vero perché beve sempre una pozione a base di zenzero e altre erbe che dice la fanno stare benissimo. Adesso si pesa tutte le mattine e annota il peso su un taccuino.

Da quando ho visto morire Helen, non ho più fumato una sigaretta, mi è venuto una specie di blocco, meglio così.

Mark è riuscito a rimorchiare il fratello gay di Sam. Sono stati fuori sulla veranda tutto il pomeriggio, nonostante il freddo polare, e ogni tanto gli vedevo fare il classico saltello di quando è eccitato.

Beato lui che si eccita anche ai funerali, io sono stata tutto il tempo ad accarezzare Help, il cane, che secondo me era il più triste di tutti. Mi guardava e non capiva il perché di tutta quella confusione e gli leggevo negli occhi che l'unica cosa che gli interessava sapere era dove fosse andata Helen.

Mi sentivo esattamente come se avessi dovuto spiegare a un bambino che la sua mamma è morta.

Sam era molto triste, ma chi mi ha veramente preoccupata è stata Judith. Non ha praticamente spiccicato parola, sembrava una bimba smarrita nel bosco, era disorientata e confusa e non si è mai voluta staccare dal dondolo dove stava Helen. A un certo punto, Sam l'ha quasi dovuta prendere di peso perché era tutta intirizzita dal freddo e aveva le labbra blu.

Quando è stata ora di andare a casa, Mark si è avvicinato a me con gli occhi scintillanti e mi ha detto: «Monica, sento che questo è quello giusto!».

Speriamo bene.

Quando torno in negozio, tre giorni dopo, l'aria è sorprendentemente leggera.

Nonostante questo posto sia sempre il solito angusto mausoleo, le zie sembrano più rilassate. Giurerei di avere visto Miss V sorridere impercettibilmente dal lato destro della bocca!

Stella non è stata denunciata, ma è stata cacciata via subito e a niente sono valse le accuse infamanti contro di me.

«Per il momento, non abbiamo intenzione di assumere nessun altro, mia cara», dice Miss V.

«Tanto non verrebbe nessuno», ribatte Miss H.

«Per cortesia, Henrietta, tieni per te il tuo sarcasmo!».

«*Per cortesia Henrietta…*», Miss H fa per imitarla.

«Non le faccia caso, mia cara», riprende Miss V, «piuttosto pensavo che è molto tempo che il magazzino non viene riordinato e spolverato e, già che c'è, che ne dice di fare l'inventario, sono anni che nessuno lo fa più».

E come per incanto tutto torna come prima, ma adesso so che mi stimano e, per questo, continueranno a trattarmi come un cane fino alla fine.

Torno a casa distrutta e, come sempre durante il plenilunio, la casa puzza di incenso e cera di candela. Speriamo porti bene.

Sandra ha cambiato ginecologo e questo le ha detto che deve perdere venticinque chili. Allora è tornata dal primo e ora sta cercando una dieta che le permetta di mangiare gelato, biscotti e patate fritte.

Mark, invece, da buon innamorato passa tutto il tempo fra il bagno e lo specchio dell'armadio, cambiandosi di continuo.

Finalmente mi butto sul letto esausta e d'improvviso mi ricordo che domenica c'è il famoso matrimonio e io non ho assolutamente niente da mettermi e non è un modo di dire.

Dovrei sistemarmi i capelli, fare la ceretta e aggiustarmi le unghie e, cosa più importante, perdere sei chili.

Mi ha detto Edgar che la cerimonia si svolgerà al Waldorf Astoria e io non ho proprio voglia di andarci, ma ormai gliel'ho promesso e male che vada potrò gettarmi sul buffet. Non mi sfiora neanche lontanamente l'idea che potrei conoscere gente interessante che potrebbe aiutarmi nella mia carriera. Il mio unico pensiero è il cibo.

Sono senza speranza, lo ammetto.

Ho un solo vestito che potrebbe andare, ma è così leggero che potrei indossarlo solo per un matrimonio in Egitto.

Quando mi sposerò, farò venire tutti gli invitati in

jeans. Mi logora l'idea di passare una giornata intera a sorridere a parenti che odio e a cercare di tenere lontanissima mia madre da mio padre con la sua nuova moglie, mentre sono prigioniera di un vestito bianco nel quale non posso nemmeno sudare, con le scarpe che mi fanno male e i capelli a nido di rondine resi immobili da sei litri di lacca.

Infine, dopo una giornata simile, dovrei avere anche la forza di andare a letto con mio marito e svegliarmi alle cinque per prendere l'aereo per le Maldive!

Il mio matrimonio sarà semplicissimo, nelle partecipazioni scriverò: «Portate qualcosa da bere e il costume da bagno», e, quando saremo tutti perdutamente ubriachi, ci tufferemo in piscina dove mia madre cercherà di annegare la nuova moglie di mio padre.

E io l'aiuterò!

Quando torno a casa, Sandra mi annuncia che Mark ha deciso di farci conoscere il suo nuovo amore, Fred. Fred il bellissimo, Fred quello giusto, Fred e le sue scarpe stupende, Fred e le sue belle mani. Sì, quel Fred.

Da quando lo conosco, e sono quasi due anni, non ci ha mai presentato nessuno, quindi ho paura che sia una cosa seria perché è molto discreto quando si tratta di affari di cuore.

Dovrei imparare da lui.

Lo ha invitato a cena qui a casa. Per lui dev'essere una specie di *Ti presento i miei*.

Ha pulito tutta la casa e ci ha obbligate a riordinare le nostre camere perché si vergogna e in effetti...

Il salotto non sembra più nemmeno il nostro: ha ricoperto il divano con un broccato rosso e sistemato dei cuscini enormi sul tappeto nuovo.

Il tavolo è apparecchiato con piatti quadrati neri, decorati con composizioni di fiori bianchi, e candele alla zagara galleggiano in un'anfora di cristallo piena di acqua di rose.

In sottofondo, immancabile musica fusion.

Ci manca la scritta Buddha Bar e siamo a posto. Sarebbe un ottimo arredatore.

Io e Sandra non possiamo entrare in cucina fino all'ora di cena e lui si comporta come un coreografo isterico alla prima del suo spettacolo.

Quando Fred suona il campanello e Mark non ha finito il suo soufflè Strogonoff, quasi gli viene un attacco isterico. Chissà perché tutti, al primo appuntamento, fingono di saper cucinare? Quando Fred si accorgerà che Mark vive di insalata, ci sarà da ridere.

Corriamo tutti e tre alla porta per aprire. Mark ci spintona via, si aggiusta i capelli, fa un paio di saltelli propiziatori e finalmente apre.

Fred è lì, con in mano una bottiglia di Dom Perignon ed è un tripudio di urletti e saltelli e di bacetti sulla bocca per tutti.

Anche io e Sandra ci mettiamo a saltellare e andiamo avanti così per cinque minuti buoni.

Il Dom Perignon sarà meglio aprirlo un'altra volta.

Lo facciamo accomodare nella casbah mentre Mark torna in cucina.

Fred fa il dentista in una zona di Park Avenue e questo mi fa desiderare che questa storia duri molto a lungo perché ho un paio di otturazioni da risistemare. Vederli insieme è proprio uno spasso. Pur avendo la stessa età, sono completamente diversi: Mark è curatissimo, non ha un pelo in tutto il corpo, splendidi capelli biondi oro, di cui va molto fiero, corre tutti i giorni per cinque chilometri ed è vegetariano; mentre Fred, be', sembra Mark prima della cura...

La serata è davvero piacevole, Fred sembra una persona molto dolce e ci fa ridere con le sue imitazioni, Mark si è finalmente rilassato e non vede l'ora che gli diciamo cosa pensiamo del suo nuovo fidanzato.

Sandra, ovviamente, gli legge la mano e, non contenta, gli fa bere il caffè per leggerne i fondi e Fred, che non beve caffè, decide di farla contenta anche se poi non chiuderà occhio tutta la notte.

Quando Mark accompagna Fred alla porta, Sandra mi prende da parte e mi dice:

«Sarà una bella storia, ma non finirà bene per Fred».

«Ma che dici, perché no?»

«Non c'è seguito... l'ho visto chiaramente, mi dispiace perché Mark lo farà soffrire».

«Non glielo dirai vero?», dico un po' seria.

«No di certo, ci penserà Mr. Sbriciolacuori a dirglielo, quando sarà il momento».

«Ma se ne sei così sicura, perché non possiamo fare niente? È come vedere un cieco che sta per cadere in un tombino e non fermarlo!».

«La vita è così, bisogna lasciarla andare».

Quando Sandra fa la fatalista a volte non mi piace, un po' di magia nella vita va bene, ma quando si fa prendere la mano esagera.

E se avesse ragione?

# SETTE

Ed eccomi al fatidico giorno. Ho messo il vestito di chiffon color rosa antico che mi piace tanto.

Ha un piccolo scollo a V e le maniche lunghe, larghe e scampanate fin quasi a coprire le mani, si appoggia morbidamente lungo i fianchi e scende fino ai piedi.

Sembro una fatina che si reca ad un matrimonio di folletti, ma almeno non ho quell'aria di una vestita a festa da veglione dell'ultimo dell'anno.

Le zie mi hanno prestato un filo di perle della loro mamma.

Ero commossa. Anche se devo riportarla domattina all'alba alla cassetta di sicurezza della banca, mi sembra un bellissimo gesto da parte loro.

Ho tirato su i capelli e messo un filo di lucidalabbra. Sto davvero bene.

Quando scendo giù Mark e Sandra mi guardano a bocca aperta.

«Wow! Nessuno guarderà la sposa!», dice Mark.

«Oh, Miss Rossella, guando sei bella!», dice Sandra.

«Be' grazie!», dico io, «d'ora in poi mi vestirò più spesso così!».

«Se non ti vestissi sempre come un sacco, si capirebbe che sei una femmina!», fa Mark.

Suona il campanello. È Edgar che mi viene a prendere.

Apro la porta e anche lui rimane a bocca aperta; mi sorge il dubbio che gli altri giorni dell'anno io sia un vero cesso.

Lui è semplicemente uno schianto. Lo smoking gli dona veramente e, quando mi porge il braccio, mi sento molto fiera e un po' imbarazzata, perché, anche se non ce lo siamo detto, tutti penseranno che stiamo insieme.

In macchina gli chiedo notizie degli sposi e del perché io abbia sempre avuto la sensazione che fra loro non corresse buon sangue.

Edgar mi racconta che la sposa è la cugina di secondo grado di sua madre e che ci teneva enormemente che lui rappresentasse il ramo inglese – quello nobile – della famiglia.

Proprio perché non si parlano da anni, non voleva che si dicesse che si davano arie da snob, e siccome Edgar si trovava a New York per lavoro...

La cugina in questione, in più, è sempre stata un po' strana e tutti hanno sempre segretamente pensato che fosse lesbica, perciò, adesso, tutti sostengono che questo matrimonio serva per salvare le apparenze.

La cosa si fa interessante: faide familiari, intrecci gay-lesbo... e io che non volevo venire!

Rimaniamo imbottigliati nel traffico e arriviamo con un notevole ritardo a cerimonia già iniziata.

La hall dell'albergo è sontuosa. Nell'aria aleggia, fortissimo, l'inconfondibile profumo dei miliardi.

Entriamo silenziosamente nella sala dove sta avendo luogo la cerimonia.

Gli sposi sono sotto un gazebo bianco adornato di fiori rosa ai lati del quale ci sono i quattro testimoni dello sposo. Lui ha appena rotto un bicchiere, pestandolo con il piede, a ricordare, come mi spiega Edgar, la distruzione del Tempio di Gerusalemme.

La sposa si appresta a compiere sette giri intorno allo sposo in segno di fedeltà eterna.

A mio avviso, una stretta di mano era più che sufficiente con i tempi che corrono.

Gli invitati sono elegantissimi, tutte le signore hanno un cappello a tesa larga e gli uomini il tipico copricapo ebraico.

Gli sposi sono di spalle e noi siamo piuttosto lontani e non riesco a vedere bene il vestito.

La sposa, in effetti, è decisamente mascolina, molto magra e spigolosa, mentre lo sposo è… lo sposo è…

ODDIO!

È David!!!

«NOOO…!!», mi sento gridare.

Si girano tutti.

«Noon… sono una coppia meravigliosa?».

Cerco di rimediare a questa, ma sì, chiamiamola col suo nome, colossale, oltreoceanica figura di merda!

Helen, qui c'è il tuo zampino di sicuro, chissà che risate ti stai facendo lassù!

Edgar mi guarda allibito, adesso mi porteranno via con una camicia di forza.

Un vecchietto in ultima fila batte le mani e grida: «Evviva gli sposi!».

Seguito per fortuna da altre persone che pensano, probabilmente, che io faccia parte di qualche evento di animazione.

Incrocio, mio malgrado, lo sguardo omicida di David e sento che ho i minuti contati.

Afferro la manica di Edgar, che ha rinunciato a capire cosa stia accadendo, e lo trascino fuori dalla sala.

Intercetto il cameriere col vassoio dello champagne e afferro due calici che tracanno letteralmente d'un fiato. Li mollo e ne prendo altri due che, questa volta, divido con Edgar, il quale, con una pazienza da monaco tibetano, sta aspettando una spiegazione.

Attendo quegli otto secondi in cui l'alcool dovrebbe fare effetto e quando mi sento completamente calma e padrona della situazione, afferro Ed per il bavero e gli urlo: «HAI IDEA DI CHI SIA LO SPOSO?»

«David Miller, il fidanzato di mia cugina Evelyne da almeno dieci anni», ribatte calmissimo. Tenendo una mano in tasca e con l'altra lo champagne.

In effetti detto così non fa una piega.

Mollo il suo bavero e cerco di recuperare un po' di dignità, ma non ne trovo neanche un briciolo.

«David è l'uomo che ho amato di più in assoluto in vita mia. Ci ho messo mesi a dimenticarlo, avrei preferito essere torturata con l'olio bollente piuttosto che venire al suo matrimonio. Lui mi ucciderà per questo!».

«Scusa Monica, non per impicciarmi, ma visto che

David non ha mai lasciato Evelyne, anche se ne ignoro la ragione, vuoi spiegarmi in che momento lui è diventato l'uomo della tua vita?».

Odio le domande lecite.

«Abbiamo avuto una storia otto mesi fa», dico cercando di sembrare dignitosa, ma comincio a sentirmi ridicola.

«Capisco. Senza dubbio una storia importantissima, soprattutto per lui, visto che ti ha scaricata, perdona la franchezza, dopo quanto tempo?»

«Cinquantotto giorni...».

«Durante i quali vi siete visti...».

«Quattro volte, ma ci siamo telefonati molto», ribatto stizzita.

«Non ho altre domande vostro onore».

Mi sento proprio una stupida, prima di tutto perché Edgar è un uomo straordinario e, da quando l'ho conosciuto, la mia vita non ha fatto che migliorare. Non si merita il mio sfogo da adolescente isterica e a dire il vero, più parlo di David e più mi rendo conto che non mi importa più niente di lui da chissà quanto tempo.

Non provo rancore, né delusione, solo il desiderio che lui sia felice.

Forse, quando ti innamori di qualcuno, è come se questa persona ti facesse un incantesimo del quale resti prigioniera finché lo decide lui, e adesso David mi ha lasciata libera.

Sarà lo champagne, ma tutto a un tratto mi sento meglio.

«Sai una cosa Ed? Forse hai ragione, ho lavorato molto di fantasia».

«Se lo avessi saputo, non ti avrei mai portata qui. Io volevo solo farti star bene».

«No, scusami tu Ed, ho avuto un periodo difficile, ma tu sei l'ultima persona al mondo che devo rimproverare di qualcosa, anzi dovrei farti un monumento per tutto quello che hai fatto per me».

«Adesso esageri!».

«Te lo giuro, sei entrato nella mia vita in punta di piedi e hai messo ordine senza che me ne accorgessi, sei stato un fratello, un padre, un amico, io non ti ringrazierò mai abbastanza».

«Troveremo il modo di farti sdebitare!».

Mentre stiamo parlando David ed Evelyne vengono verso di noi.

Lei ha davvero un'aria antipatica e lui sembra molto nervoso. Come biasimarlo.

Evelyne mi rivolge la parola in modo piuttosto sgarbato: «Ci conosciamo?»

«Ci siamo viste di sfuggita a cena da Judith e Sam, l'anno scorso», dico per salvare la situazione.

«Ah ecco dove!», esclama David.

«Scusatemi per prima, ma i matrimoni mi fanno sempre questo effetto, non riesco a trattenermi dall'esprimere la mia gioia, vero Edgar?».

Non so più che dire, cazzo, aiutatemi!

«Già è così esuberante, sicuramente il sangue italiano!», dice Edgar.

«Ah, sei italiana?», dice David vincendo il primo premio in assoluto nella gara di faccia di merda, superando persino me.

«Sì, vengo da Roma».

«Ma guarda un po', è proprio dove andiamo noi in viaggio di nozze!», dice Evelyne.

«Ma guarda che combinazione…!», esclamo.

Sento che Edgar muore dalla voglia di ridere, mentre tutti qui siamo sui carboni ardenti.

David deve aver perso almeno sette chili dall'inizio della cerimonia.

«Com'è che vi siete conosciuti?», chiede Evelyne con l'aria di chi vuole per forza pescare nel torbido.

Ma dove se l'è andata a cercare una così?

«Monica è una scrittrice di grande talento e mi farà l'onore di pubblicare con la mia casa editrice».

Grande Eddy! Ti amo! Umiliali!

«E quanto tempo è che state insieme?», incalza lei con tono inquisitorio.

«Veramente noi…», comincio.

«Sei mesi, vero amore?», m'interrompe Edgar.

«Sei mesi?», fa eco David decisamente sorpreso.

«Oh certo, già, sei mesi, come vola il tempo».

Mentre Edgar ed Evelyne si mettono a parlare della zia, David mi prende discretamente da parte: «Complimenti, credevo di essere l'unico uomo della tua vita, e invece scopro di avere un rivale proprio il giorno del mio matrimonio!», dice ridendo.

«Credevi di avere l'esclusiva?», ribatto.

«Ti confesso che, anche se stavi per farmi diventare pazzo, non c'è donna al mondo che mi abbia fatto sentire così importante come hai fatto tu, e il fatto che ora tu abbia un'altra storia mi rende un po' geloso».
«E hai dovuto sposarti per capirlo?»
«Noi uomini siamo un po' lenti a volte».
«Sì lo so, leggo sempre "Cosmopolitan"».
«Comunque sappi che Edgar è un uomo che stimo moltissimo ed è proprio quello che ci voleva per una matta come te».
Vorrei picchiarlo, ma sono davvero felice per lui, anche se non so se a lui sia andata altrettanto bene.
Gli sposi si allontanano e io ed Edgar rimaniamo soli e scoppiamo a ridere.
Siamo stati grandi.
Ed mi invita a ballare e passiamo una serata indimenticabile.
Sono stanca morta, ubriaca, ma felice. Ci sediamo su un divanetto, mi tolgo le scarpe e appoggio la testa sulla spalla di Edgar, e biascico: «Sciono felisce perché non lo amo più».
«Anch'io sono felice».

Apro gli occhi prima che suoni la sveglia e rimango a fissare il soffitto per una decina di minuti, pensando a tutto quello che è successo ultimamente.
La prima sensazione che mi pervade è quella di una

pace totale. Mi sento libera e felice, in armonia con l'universo. Solitamente quando formulo un pensiero simile si verificano catastrofi, ma è successo di tutto in questi mesi, quindi cos'altro può accadere?

Be', non sfidiamo la divina provvidenza in un momento di bonaccia.

Mi godo gli ultimi minuti nel mio letto, pensando che David ed Evelyne staranno partendo per il viaggio di nozze. David era proprio bello ieri sera, però, per la prima volta, ho veramente sentito che non è mai stato mio ed è sicuramente meglio così.

Quando gli sposi se ne sono andati via in carrozza, lui si è girato e mi ha strizzato l'occhio, sembrava la scena finale de *Il matrimonio del mio migliore amico*.

Io ed Edgar ci siamo divertiti da morire. Mi diverto sempre quando sono con lui, mi lascia essere me stessa senza mai giudicarmi.

La scena più divertente è stata quando il vecchietto rincoglionito che gridava «Viva gli sposi», mi ha chiesto di ballare con lui e alla fine è riuscito a mettermi una mano sul sedere dicendo in italiano: «Che bel culo che hai, Maria!».

È stato uno spasso!

Mentre mi preparo rimugino sul finale del romanzo che devo ancora trovare.

*Caroline nel suo giardino degli ex, giorno per giorno, si rende sempre di più conto che, per quanto suo marito fosse una vera e propria croce da portare, era niente in confronto ai suoi ospiti.*

*Thierry è vedovo. Da quando sua moglie è morta non fa più niente da solo, rifiuta persino di allacciarsi le scarpe. Quando mangia il formaggio lo fa tagliare a qualcun altro per non sporcarsi le mani. Ecco perché la figlia lo ha fatto partire così volentieri...*

*Jean Luc è lo scapolo impenitente che più di tutti le dà del filo da torcere.*

*Nonostante i suoi settant'anni, una fastidiosissima prostata e la dentiera luccicante, cerca continuamente di rimanere solo con lei e tenta sempre di baciarla quando ha le mani occupate.*

*Eric e Bertrand sono omosessuali non dichiarati e convivono da vent'anni come ne* Il vizietto. *Gelosissimi l'uno dell'altro, si becchettano come innamorati.*

*Robert è un malato immaginario convinto di dover morire al primo dolorino.*

*Infine Pascal, un depresso, con punte ossessivo-compulsive, accende e spegne la luce cinque volte prima di coricarsi.*

Quella povera Biancaneve non deve aver passato dei bei momenti!

*Caroline si accorge subito dell'enorme sbaglio, ma ormai l'impegno è preso.*

*Si tratta di resistere un mese e, armata di coraggio e pazienza, a volte come una madre e altre come un'infermiera, lenisce dolori, culla le anime inquiete e riesce a restituire fiducia a questi uomini smarriti, salvandoli da se stessi.*

Adesso mi ci vuole un finale.

Mentre scendo, sento Sandra che dice a Mark (che ormai è diventato il padre a tutti gli effetti): «Quando la bambina compirà sei anni, voglio fare una festa bellissima, come faceva la mia mamma quando ero piccola, piena di palloncini colorati e di regali per tutti. Peter e la mamma inventavano un sacco di giochi e quando arrivavano i genitori degli altri bambini a riprenderli, nessuno voleva più andare via!».

Et voilà!

Potrei far sì che l'ultimo giorno della permanenza nel giardino, i figli, le ex mogli e i fratelli, venissero a riprendere gli anziani ospiti di Caroline, come succede alle feste dei bambini quando si è fatto tardi e i genitori arrivano tutti insieme per riportarli a casa.

In questo modo, creerei un parallelismo fra la fine della festa e la fine della vita.

*I parenti li trovano così splendidamente cambiati che non credono ai loro occhi: rinvigoriti più che dopo un bagno nella piscina di* Cocoon, *tanto che cercano di convincerla a tenerseli ancora un po'.*

*Caroline ha raggiunto il suo scopo, ha fatto il suo bilancio.*

*È stanca, ma serena e in pace con se stessa.*

*Chiudendo lentamente la porta alle sue spalle, chiude anche con il suo passato.*

*Il silenzio è sceso improvvisamente ed è quasi confortante.*

*Il salone è avvolto dalla penombra. Fuori scende la pioggia.*

*Si siede in poltrona, al centro della scena, respira profondamente e sorride.*
*Infine si rivolge ad alta voce ad Hubert dicendo:*
*«Finché morte non ci separi».*

Sipario!
Accidenti.
Mi sento intelligente.
Non solo ho terminato il romanzo, ma l'ho già adattato al teatro.
Starò mica cominciando a crescere? È proprio il momento giusto per farsi venire un attacco di panico. Sono tutta emozionata.
Non mi resta che scriverlo ed è fatta. Se Edgar non mi avesse spronato, sicuramente sarei ancora lì a trovare un milione di scuse per non finirlo.
Devo dirglielo subito!
Chiamo in albergo, ma mi dicono che non possono passarmelo perché ha chiesto di non essere disturbato da nessuno.
Rimango un po' delusa. È vero che ieri sera abbiamo fatto tardi, ma perché non posso disturbarlo nemmeno un pochino?
Tento di insistere, ma il portiere è irremovibile. Dovrò richiamare più tardi.
Parto per andare al lavoro e sono già meno felice di prima. Perché basta così poco a rovinarmi l'umore?
In effetti non so quasi niente di quest'uomo. Non so neanche esattamente cosa sia venuto a fare qui a New

York, a parte gli affari e il matrimonio che comunque era secondario.

Arrivo in negozio e le zie non vedono l'ora che io racconti loro tutti i dettagli e mi fanno mille domande su come era vestita la sposa, com'era il buffet, i fiori, la musica, se c'era questa o quella personalità e chi ha preso il bouquet.

L'unica persona che ho riconosciuto, era Jenna Elfman l'attrice che interpreta Dharma in *Dharma e Greg*. Mi fa morire dal ridere, pare che fosse una vecchia amica della sposa.

E il bouquet... be' il bouquet, ora che ci penso... l'ho preso io.

# OTTO

La giornata è stata allegra ed è volata via in un baleno, però mi è rimasta questa sensazione strana per non aver potuto parlare con Edgar.

Ho riprovato altre volte anche al suo cellulare, ma non mi risponde proprio.

Non mi resta che aspettare che si faccia vivo lui.

Sono in ansia, mi sento abbandonata, anche se forse esagero. Non so cosa sta facendo e non so dov'è e soprattutto per la prima volta mi chiedo: con chi è?

E se fosse con una donna?

Teoricamente non dovrebbe importarmene nulla, ma invece me ne importa eccome.

Non è possibile che io sia gelosa!

Abbiamo passato due mesi così a stretto contatto, che non ho avuto mai modo di sentire la mancanza. Nonostante lo abbia sempre considerato un uomo estremamente affascinante, non ho mai osato pensare che avrei potuto avere una storia con lui.

Forse perché è un uomo di una tale esperienza che non perderebbe mai tempo con una ragazzina un po' confusa come me.

Forse gli interessa solo il romanzo e poi non lo vedrò mai più.

O magari è sposato e ha dei figli in Scozia.

Non gliel'ho mai chiesto o forse me lo ha detto, ma io ero così presa a pensare a me, come al solito, che tutta la sua vita mi è completamente sfuggita.

Sono un'egoista.

Un'egoista sola. E abbandonata.

A casa chiedo a Sandra se ci sono messaggi per me.

«Per te non ce ne sono, ma per Mark almeno quindici! Mi hanno presa per una centralinista: "Puoi dire a Mark che ci vediamo da Saks? No digli che prima ho un appuntamento dal mio avvocato e ci vediamo direttamente da Nobu, poi... no, forse ce la faccio prima di cena, allora digli che ci vediamo da Morgan's... No, mi ero dimenticato dello shiatsu..." Con tutti questi nomi mi sta girando la testa. Ma perché sono così agitati?»

«Ma Mark dov'è?»

«È in bagno ovviamente!». Quindi anche se Edgar avesse voluto chiamare avrebbe trovato sempre occupato...

Non lo sento da quasi ventiquattro ore, non è da lui. In fondo sa che l'ho cercato perché ho lasciato detto sette volte di richiamarmi, gli sarà successo qualcosa? Sarà nei guai? Dalla preoccupazione passo alla rabbia all'idea di non essere abbastanza importante per lui.

Cerco di essere razionale, ma non ci riesco più, il panico ha preso il sopravvento. Passo la serata con l'orecchio teso al telefono e sussulto ogni volta che squilla, ma non è mai lui.

Cerco di procedere con il romanzo, ma non sono concentrata e mi assale ogni sorta di dubbio sulla grammatica.

Non mi resta che andare a letto e lasciare il telefono acceso come non faccio mai, ma ho appena dichiarato lo stato di emergenza nazionale da crollo di certezze!

Ogni due ore mi sveglio a controllare se sono arrivate chiamate o messaggi, mi sento una totale deficiente, ma è più forte di me.

Dormo malissimo. Mi sveglio con il mal di testa e di malumore.

Non è arrivato nessun messaggio.

Lo perdonerei solo se fosse in coma o se lo tenessero in ostaggio, ma in quel caso lo avrei visto in televisione e nella videocassetta dei rapitori avrebbe dovuto dire: «Scusa Monica, se non ho potuto chiamarti!».

Vabbè, farò come se niente fosse, dopotutto non sono mica innamorata di lui, no?

Quindi che mi importa se non mi chiama, io ho altro a cui pensare.

Sì, ma cosa?


Eccomi qui sulla metropolitana. Non lo sento da un giorno intero. Mi sento afflitta e sconsolata.

Osservo le altre persone insieme a me nel vagone e mi chiedo a cosa stiano pensando.

In metropolitana tutti hanno sempre lo sguardo perso, omologato e rassegnato.

Non si distingue chi è triste da chi è felice, la luce al neon appiattisce tutti i sentimenti.

Tutti portiamo qualcun altro nel cuore, anche se non ci ricambia. Immaginiamo di raccontargli cose che non gli diremo mai, lo rendiamo partecipe di tutte le stupidaggini che ci vengono in mente, sperando che capisca e risponda come ci aspettiamo, ma nella realtà non è quasi mai così. Ognuno percepisce le cose a modo suo.

Devo imparare a fare da sola, mi ero appoggiata troppo a questa persona e ora che si è spostata mi ha fatto perdere l'equilibrio.

Mentre cammino verso il negozio, squilla il mio telefonino. È Edgar.

Il mio cuore fa un balzo e sento lo stomaco stringersi. Rispondo.

«Ciao Monica, mi hai cercato?», dice lui con tono frettoloso.

«Io? Be' ciao Ed... io... sì, ti ho cercato diverse volte ieri, ma eri... introvabile!».

Cerco di nascondere la mia ansia con qualche battuta, e sento che vorrei gridargli qualcosa tipo: «Dove cazzo sei stato, mi sono preoccupata da morire!».

Ma non lo faccio perché vengo spiazzata dalla sua successiva battuta:

«Sì, ero parecchio occupato ieri e ho avuto alcune riunioni, avevi bisogno di qualcosa?».

Vorrei dire:

«Sì, avevo bisogno di te, avrei voluto che tu ascoltassi la fine del mio romanzo e mi facessi un sacco di complimenti. Avrei voluto anche che tu mi abbracciassi e mi portassi a cena fuori!».

E invece dico:

«No, niente di particolare... solo sapere come stavi».

«Tutto ok, ora devo andare, ci sentiamo presto, tu dacci dentro col romanzo, ok? Ciao».

E riattacca.

È stata peggio di una pugnalata.

Era meglio se non mi chiamava.

Mi ha tagliata fuori dalla sua vita.

Cosa gli ho fatto, andava tutto così bene. Eravamo amici, non è mai passato un giorno senza che io lo sentissi, senza che lui mi chiedesse come stavo o come stavano i ragazzi o com'era andato il lavoro.

Allora è così, sono solo un business per lui, un modo per far soldi.

Allora perché mi ha portata al matrimonio, in fondo c'era una parte della sua famiglia, che ora pensa che stiamo insieme.

Forse lui non ci pensa nemmeno, dev'essere uno di quelli che si stancano presto delle novità e che ti dimenticano da un giorno all'altro. Beato lui.

Come vorrei essere nata insensibile, avrei avuto sicuramente molto più successo nella vita e non sarei qui a piangere per un tizio che è comparso dal nulla e nel nulla è ritornato e forse avrei già una carriera avviata, portata avanti senza scrupoli.

Per darmi coraggio, penso che prima o poi passerà e che anche questa è una lezione da imparare.

Ma alla fine cosa ci faccio con questa collezione di lezioni imparate?

Le rilego e le vendo come un corso di inglese?

Magari con le cassette e il cd rom.

*Lezione 1* «Non fidarsi mai degli uomini fidanzati da dieci anni e in crisi».

*Lezione 2* «Non fidarsi mai degli uomini che ti dicono ti amo dopo ventiquattro ore».

*Lezione 3* «Non fidarsi mai degli uomini maturi».

*Lezione 4* «Non fidarsi mai degli uomini».


Quando esco dal lavoro sono quasi le cinque del pomeriggio e mi sento così avvilita che mi metto a girare senza meta per la città.

Qui in America c'è un detto che dice: «There's no place like home», non c'è posto al mondo come casa propria. Dove hai il cuore, dove ci sono i tuoi affetti, il tuo "posto delle fragole", un luogo senza il quale anche il posto più bello del mondo, diventa freddo ed ostile.

È così che sento New York oggi, non è casa mia, sono qui solo di passaggio.

Il punto è che mi sfuggono completamente le coordinate di questo disegno.

Mentre cammino, mi accorgo che sono arrivata vicino al cimitero dov'è sepolta Helen.

Non ci torno dal giorno del funerale e ho proprio voglia di parlare con lei.

Mi manca tanto.

Prendo due caffè a un bar e vado a sdraiarmi sull'erba, vicino alla lapide.

È un cimitero piccolo e tranquillo e a quest'ora non c'è proprio nessuno. Provo una gran sensazione di pace, sdraiata qui. Il cielo è limpido e il sole sta tramontando, colorando tutti i palazzi di rosa.

«Ciao Helen», dico sottovoce, «ti ho portato un caffè come quando stavamo insieme sul dondolo. Mi manchi sai? Eri l'unica vera guida per me e ora che sono confusa e incasinata, non so davvero a chi rivolgermi... Secondo te, ho sbagliato tutto anche questa volta?

Con Edgar voglio dire... Tu mi hai detto di essere me stessa e lui di punto in bianco è sparito... Insomma nel giro di un mese ho perso le due persone a cui tenevo di più e ora mi sento così sola e spaventata».

«Ciao bambina!», dice una voce dietro di me.

Mi alzo a sedere di scatto.

«Helen!», urlo e mi copro la bocca.

«Che faccia che hai, sembra che tu abbia visto un fantasma!», ride.

«Helen, ma sei proprio tu?».

Si siede vicino a me e prende il caffè caldo fra le mani.

«Quanto mi è mancato questo...», mormora.

«Sono venuta qui per dirti solo di non avere paura, perché non stai sbagliando. C'è moltissimo amore intorno a te, e devi solo fare più attenzione ai segnali. Devi ascoltare più attentamente il cuore degli altri, ma vedrai che andrà tutto come deve andare».

Mentre parla mi scende una grossa lacrima sulla guancia che Helen mi asciuga con la mano. Il suo tocco mi sembra impalpabile come zucchero a velo.

Mi sveglio di soprassalto.

Che ore sono? Devo aver sognato.

Il sole è tramontato, si è alzato il vento e sono tutta infreddolita.

Strano, non c'è più il caffè che avevo appoggiato sull'erba. Deve averlo preso qualcuno.

Mi tocco la guancia che ha sfiorato Helen. E la cerco con lo sguardo nell'oscurità, ma non c'è.


Entro in cucina con aria circospetta e, aggrottando la fronte in modo assai misterioso, dico: «Ragazzi, devo raccontarvi una storia che ha dell'incredibile».

«Dopo l'episodio del tuo pranzo dato al cane, non c'è più molto che mi stupisca di ciò che accade in quel negozio», dice Mark continuando ad affettare carote.

«No, non c'entra niente il lavoro, credo di aver avuto un'esperienza paranormale».

Silenzio per un attimo.

Non mi danno nemmeno il tempo di iniziare la frase, che cominciano a sghignazzare prima piano piano, poi sempre più forte.

Non ci credo, si stanno rotolando per terra dalle risate. Letteralmente.

In questa casa non sono presa sul serio, questo è chiaro.

«Ma insomma, ve lo giuro, è vero, perché non volete credermi?», piagnucolo.

Ma loro ridono così tanto che decido di fare l'offesa e me ne vado col mento alzato, dicendo: «Un giorno mi supplicherete per sapere cosa mi è successo e non ve lo racconterò!».

E chiudo la porta.

Dopo un secondo, eccoli tutti e due che mi inseguono per le scale a mani giunte dicendomi: «Dai, ti prego, raccontaci cos'è successo... hai preso la metropolitana giusta?»

«No, secondo me, entrando al lavoro devono averla salutata!».

«Che bastardi! Ma no, è una cosa seria ve lo giuro!».

«Okay, okay», fa Sandra, «Tregua! Scusaci, ma siamo stati al corso pre-parto e Mr. Sonounaroccia qui è svenuto due volte quando parlavano di punti e di placenta. Ora sta scaricando la tensione!».

«Allora mi state a sentire ora?»

«Sì, sì», dicono in coro.

Ci sediamo tutti sulle scale e comincio a raccontare dello strano sogno che ho fatto al cimitero e naturalmente lo infarcisco di dettagli ancora più misteriosi. Dopotutto sono una scrittrice e poi mi hanno presa in giro fino ad ora.

«Dunque», comincio, «ero tutta sola al cimitero. Il vento faceva volare le foglie secche e nell'aria si sentiva un odore dolciastro come di muschio. A un certo punto ho cominciato a sentire dei tonfi sordi provenire da una lapide vicina, come se qualcuno avesse bisogno d'aiuto e volesse uscire. Mi sono avvicinata e ho sentito una voce profondissima e lamentosa chiamare il mio nome, con un filo di voce… "Moonica"… poi silenzio… "Monicaa"… e ancora silenzio. E mentre mi alzo per chiedere aiuto, una mano putrefatta mi afferra il braccio e urla: "VIEEENI GIÙ CON MEEE!!!"».

E afferro il braccio di Mark che grida terrorizzato e si nasconde il viso tra le mani.

Io e Sandra abbiamo le lacrime agli occhi dalle risate, fargli paura è davvero un gioco da ragazzi!

«Stronza!», dice.

«Dai non ti arrabbiare, siamo pari adesso!».

«Dai dicci la verità, cos'è successo di strano?», dice Sandra.

Racconto la vera versione del sogno che mi ha lasciato una strana sensazione.

Era come se il messaggio fosse cifrato: «Le cose andranno come devono andare».

Cioè come? Bene o male?

E quella carezza che sembrava un soffio, un soffio freddo.

«Probabilmente qualcuno è passato, ha preso il caffè e ti ha fatto una carezza, magari per vedere se eri viva», dice Mark.

«Ma sì, credo che sia la spiegazione più logica, però, quello che non mi spiego, è che ero perfettamente sveglia mentre parlavo con Helen e non ricordo di aver neanche sbadigliato».

«Noi ai Caraibi crediamo, invece, molto agli spiriti e teniamo in grande considerazione i loro messaggi. Devi ritenerti fortunata se ti è accaduto questo, lei ora è il tuo angelo custode, non a tutti è dato di conoscerlo».

E scende un silenzio carico di interrogativi su noi tre.

«La sapete la storia della ragazza che faceva l'autostop?», faccio io.

«Quella che lascia la sciarpa in macchina di quello che le ha dato il passaggio e quando il giorno dopo lui gliela riporta, gli dicono che è morta da tre anni?», dice Sandra.

«Basta ragazze, o dormo con voi stanotte!».

Apriamo una bottiglia di vino e, sempre sulle scale, ci raccontiamo tutte le storie di fantasmi che conosciamo.

Non lo facevo da quando avevo sedici anni e la cosa più bella è che ho paura esattamente come allora. Quando arriva l'ora di andare a letto, non abbiamo neanche il coraggio di lavarci i denti da soli e... finiamo a dormire nel lettone di Sandra.


Mark russa come un orso bruno, con il naso pieno di moccio.

Mai sentita una cosa tanto agghiacciante. Ho provato di tutto per farlo smettere: facendogli «Pss! Pss!», dandogli dei calci, ho provato anche a farlo rotolare perché rimanesse su un fianco, ma niente. Sono costretta a sfidare le forze del male e tornare a dormire nel mio letto.

Ma con la testa sotto le coperte.

Al risveglio mi sento molto meglio, ho scoperto che se quando sono preoccupata o triste, ne parlo con qualcuno, il problema prende un aspetto diverso, diventa meno serio e mi accorgo che ci sono altre spiegazioni plausibili oltre alla mia.

Riguardo ad Edgar, non ne vedo poi molte altre, ma chissà che non mi sbagli.

Se nella vita ti aspetti solo il peggio, avrai sempre e solo il peggio, però lo sapevi.

Mentre se ti aspetti il meglio e poi va male, ci rimani malissimo.

Non so cosa convenga di più, se far finta di credere che vada male e sotto sotto sperare in bene, o lasciarsi andare ad un totale pessimismo cosmico.

Nella cassetta della posta ci sono due lettere per me.

La prima dice:

Cari Monica e gli altri,
è passato un po' di tempo, ma spero vi ricordiate ancora di me. Vi ho causato non pochi fastidi tempo fa a causa del mio problema con l'alcool e ci tenevo a farvi sapere che seguo la terapia con molta serietà e che va tutto bene.

Uscirò fra qualche settimana e mi piacerebbe rivedervi.

Vi assicuro che sono completamente innocuo!

Fatemi avere vostre notizie, ci tengo molto.

Con affetto<br>Jeremy

Ma tu guarda, è Jeremy il pazzo!

Che piacere sapere che sarà in libertà fra poco e che la prima della lista fra le sue vittime sarò io. Magari verrà ad uccidermi in una notte in cui tutto il vicinato sarà fuori a festeggiare il santo patrono e, mentre la banda passerà, nessuno mi sentirà strillare!

Sono contenta che stia bene, ma non me la sento di incontrarlo di nuovo.

Non da sola almeno, ho avuto proprio un bello spavento quella sera e se ci ripenso, mi vengono ancora i brividi.

Se per altri intende anche quel bestione di Julius, che lo ha scaraventato in fondo alle scale, ammetto che ha del coraggio!

L'altra lettera dice:

Ti passo a prendere domattina alle 6, vestiti comoda e porta il pigiama.

P.S. Non sono consentite domande fino a destinazione.

Ed

Ed?

# NOVE

Sono le 5 e 51 e sono seduta sul muretto di casa. Nonostante sia la fine aprile, fa sempre piuttosto freddo e un turbinio incontrollato di pensieri misti mi gira vorticosamente in testa:

1) Dove mi porta?
2) Chi si crede di essere per sparire così per una settimana e pensare che io scatti sull'attenti appena lui schiocca le dita?
3) Perché scatto sull'attenti non appena lui schiocca le dita?
4) Perché mi sento così strana all'idea di rivederlo?
5) Varie ed eventuali

Eccolo puntualissimo su un Range Rover antracite.

Indossa un pullover verde militare a collo alto, jeans scoloriti e mi ero dimenticata di come fosse bello.

Solo che io sono arrabbiata e non riesco a nasconderlo nonostante i miei propositi di fare finta di niente.

Scende dalla macchina e viene subito ad abbracciarmi, un lungo abbraccio fortissimo ed intenso, in cui mi perdo letteralmente.

«Perché sei sparito?», gli sussurro all'orecchio.

«Ti spiegherò tutto strada facendo».

Mi sento un po' confusa, vorrei essere felice, ma mi rendo conto di non conoscerlo affatto e non sono più a mio agio come una volta.

In un certo senso Ed mi ha delusa e l'istinto è quello di non fidarmi più.

Partiamo e per i primi minuti siamo piuttosto imbarazzati. Faccio allusione alla temperatura e cerco di farmi dire dove mi sta portando.

«Niente domande. Ricordati i patti».

Accende la radio e la sintonizza su qualcosa che mi sembra Oscar Peterson.

Un leggero sottofondo che credo debba accompagnare una lunga spiegazione.

Sono un po' nervosa. Non so cosa aspettarmi.

«Monica, ci sono un sacco di cose che ti devo spiegare…».

Eccoci.

«Non sono tanto bravo a parlare di me, ma cercherò di essere chiaro. Voglio che tu ti possa fidare di me e perciò devo metterti al corrente di alcune cose importanti riguardo la mia vita, altrimenti non puoi capire. Sono stato sposato per otto anni. Avevo trentatré anni all'epoca, ero giovane, ma non giovanissimo e sinceramente credevo che sarebbe stato per sempre.

Stavamo insieme già da sei anni. Sapevo che lei teneva al matrimonio, io stavo bene anche così, ma per farla contenta… darle più sicurezza… un giorno le ho chiesto di sposarmi.

Mentre eravamo al supermercato, me lo ricordo ancora.

Lei mi chiese cosa volessi per cena e io risposi: "voglio che tu diventi mia moglie". Lei mi fissò per qualche secondo, per capire se stessi scherzando. Abbassò gli occhi sorridendo, lasciò cadere la spesa e mi abbracciò forte.

Ero felice anch'io all'idea.

Eravamo collaudati... comunque.

Ci eravamo conosciuti a Londra a una presentazione di un libro talmente noioso che cominciammo a sbadigliare e ci venne così tanto da ridere che ci cacciarono fuori.

Tempo un mese, vivevamo già insieme. Avevamo affittato un monolocale a Londra dove la raggiungevo, appena potevo, da Edimburgo.

Andava tutto a meraviglia. Eravamo innamoratissimi. Troppo bello per essere vero.

Lei mi ricopriva di affetto, era rassicurante, protettiva, non potevo immaginare un giorno senza di lei. Dopo sposati le cose cominciarono ad andare storte.

Mia moglie aveva voglia di più stabilità, di una casa vera, di famiglia. Voleva che fossi più presente.

Avevo ancora la vecchia casa di mio padre nella campagna scozzese e le proposi di trasferirci lì. Lei parve raggiante all'idea. Mi disse che aveva sempre sognato di vivere in una grande casa e avere molti bambini. Io non ero pronto ad avere figli, ma mi dicevo che, prima o poi, sarebbe stato normale e giusto formare una famiglia.

Non sapevo ancora che tutti quelli che vivono in città

dicono sempre di voler vivere in campagna con un cane e tanti bambini.

La casa editrice in quel momento era in crisi e non avevamo molti soldi. L'affitto non dovevamo pagarlo, ma le spese per mantenere quella villa in uno stato appena decente, erano troppe per noi.

A peggiorare le cose c'era mia madre che è sempre stata una donna tremendamente invadente. Dopo la morte di mio padre, non avendo più nessuno da torturare, piombava a qualunque ora in casa nostra, quando non c'ero, e trovava sempre una buona ragione per criticarla.

Per molti mesi mia moglie non mi disse niente, poi cominciò ad essere sempre più depressa e nervosa.

La vita in campagna può essere di una noia devastante se non vai a cavallo o giochi a golf e piove quasi tutti i giorni. Lei cominciò a odiare quel posto e a odiare me, per avercela portata.

Tornavo a casa la sera e la trovavo seduta sul divano con gli occhi gonfi, trasandata, a volte ancora in pigiama.

Mi guardava con una tristezza infinita, come dal fondo di un pozzo... implorando il mio aiuto con gli occhi... ma senza parlarmi. Diventavo matto perché non sapevo cosa fare per lei, volevo aiutarla. Ma... come?

"Parlami, cazzo", le gridavo a volte, "Parla con me... dimmi cosa vuoi che faccia!".

La scuotevo per le spalle: "Ricomincia a lavorare, esci, facciamo un viaggio... Quello che vuoi... ma torna a sorridere... ti prego...".

E lei per un attimo impercettibile ritornava quella di sempre, per poi sprofondare di nuovo giù.

Così abbiamo cominciato a litigare sempre di più e sempre peggio.

O meglio io litigavo. Lei piangeva.

In caduta libera.

Se ne andò di casa un giorno, mentre io ero fuori.

Mi lasciò un biglietto dicendo che se ne andava e che non riusciva a parlarmi e se non avevo capito cosa voleva in tutti quegli anni, non lo avrei capito mai più.

La cercai come un disperato per giorni e giorni, finché la polizia mi disse che avevano trovato una macchina in un fosso con a bordo una donna che corrispondeva alla descrizione di mia moglie.

Dovetti andare all'obitorio a riconoscerla.

Era lei. Con ancora il pigiama addosso, i capelli sporchi di sangue...

Ci credi se ti dico che mi si stringe ancora lo stomaco? Non lo dimenticherò mai.

La macchina, sbandando, era caduta in un fosso.

Non voleva neanche morire, ma di sicuro non voleva più vivere. Non così e non con me.

Questo è successo cinque anni fa».

Rimaniamo in silenzio per alcuni minuti.

«Edgar mi dispiace da morire, non sapevo niente di tutto questo».

Ho ascoltato questa storia con un nodo in gola e adesso sto cercando delle parole di conforto, ma non ne trovo. Mi sento impotente.

«È stato il colpo più atroce della mia vita. Mesi dopo la sua morte, sua sorella mi disse che in passato aveva sofferto di crisi depressive, ma nessuno mi aveva detto niente perché la vedevano serena».

«E tu cosa hai fatto allora?»

«Sono rimasto freddo. Mi sono buttato nel lavoro riempiendomi la giornata di impegni, in modo da non pensare a niente, e come si fa in questi casi per annullare il dolore quando diventa troppo atroce, cominciai a bere.

Un giorno in macchina rischiai di mettere sotto una ragazzina. Dallo spavento smisi di colpo di bere. E chiesi aiuto.

Ho lavorato molto su me stesso soprattutto per superare il senso di colpa che non mi faceva vivere, le crisi di panico e tutto quel dolore. Gli amici mi sono stati vicino e lentamente ho ritrovato un nuovo equilibrio.

Per quanto riguarda la mia vita sentimentale non ho più avuto nessuna relazione seria, solo qualche storia così. Non mi sentivo pronto, mi sembrava di tradire mia moglie.

Finché un giorno sono entrato nel tuo negozio e c'eri tu e, non so come mai, ma da allora non ho più smesso di pensare a te, al tuo sorriso, ai tuoi occhi, alle espressioni che hai. E poi sei vera, teneramente inquieta, sensibile… e mi fai morire dal ridere».

«Non vorrei deluderti, ma ho anche un sacco di difetti, per esempio sono allergica ai gatti e non sono bionda naturale!».

«Allora scendi!».

Meno male che stiamo sdrammatizzando, perché l'aria si faceva pesante.

Sono tutta sottosopra per questa valanga di confessioni, però devo ammettere che questo nuovo Edgar, che ha deciso di condividere con me il suo immenso dolore, è anche meglio di quello di prima che tendevo a vedere come un super uomo.

«Quando siamo andati al matrimonio e tutti mi chiedevano di te e mi facevano mille complimenti perché ti hanno trovata fantastica, mi sono sentito l'uomo più felice della terra, anche se non stavamo insieme. Ma quando mi hai detto che l'oggetto dei tuoi desideri era David Miller ho accusato il colpo.

Capivo anche che, non avendoti mai confessato i miei sentimenti, non potevo pretendere che tu contraccambiassi e ho approfittato di un viaggio che avevo in programma da un paio di mesi, per allontanarmi per qualche giorno da New York. Almeno per vedere se tu avessi sentito la mia mancanza.

Credimi non è stato per niente facile non rispondere quando mi chiamavi o fare finta di essere indifferente.

Il viaggio in questione, e ora arriviamo al punto, è quello che sto facendo di nuovo adesso con te. A Cornish».

«A casa di Salinger???!!», strillo.

«Esatto e siccome è veramente un casino arrivarci, ci sono andato da solo per imparare la strada e poi portare te».

«Stai scherzando? È una vita che ci voglio andare!».

Gli salto al collo e per poco non andiamo a finire fuori strada.

Quest'uomo è riuscito a capovolgere tutte le mie certezze, prima fra tutte quella che gli uomini di tre continenti siano tutti dei bastardi – gli altri due continenti non li ho mai sperimentati!

Fino a ieri ero convinta che non ne volesse sapere di me e invece guarda cosa stava tramando.

Mi scoppia il cuore di gioia e sono così emozionata che non so cosa dire.

«A dirtela tutta, i tuoi coinquilini sapevano ogni cosa e se tu avessi avuto bisogno di me sarei tornato in qualunque momento».

«Cosa? Quei due sapevano tutto e non mi hanno detto niente?», dico indignatissima.

«Non potevano, erano sotto giuramento».

«Ed, sei un mito!».

«Lo so».


Sto di nuovo bene adesso, stiamo viaggiando da circa tre ore e mi sento rilassata e serena.

Sono di nuovo protetta.

Adoro quel suo modo di tamburellare delicatamente le dita sulle labbra mentre guida.

Ci mettiamo a cantare le nostre canzoni preferite, facciamo a gara a chi conosce più pezzi di Christopher

Cross e di Bill Withers, e scopriamo di adorare Ben Harper.

«Sei riuscito a vedere Salinger, quando ci sei andato l'altro giorno?»

«No, a quanto pare esce molto poco, ho chiesto un po' in giro, ma non lo si vede più molto. Dovrebbe avere ottantatré anni ormai».

«È strano, ma ho come la sensazione che sto per rimanere delusa... Ti immagini di conoscere l'autore perché condividi i suoi pensieri, e poi lo conosci e magari... ti spara a vista».

«Sì, pare che sia molto aggressivo, lunatico, e poi saranno trent'anni che non pubblica più niente. Visto così, perde molto del suo fascino... Ti dirò di più, pare che *Il giovane Holden* sia uno dei romanzi più letti dai serial killer!».

«Allora sono nei guai!», dico ridendo.

«Non hai più scampo mia cara!».

«Ti ricordi la sera in cui ci siamo incontrati fuori dal locale dove cantavano Sandra e Julius, quando tu mi hai detto che anche quando credi di cadere nel burrone c'è sempre qualcuno pronto a prenderti al volo?»

«Certo che me ne ricordo».

«Lo sai che hai detto la cosa di Holden che mi piace di più?»

«Anche per me è geniale. Com'era esattamente? La sorellina gli chiede cosa vuol fare nella vita e lui dice che vorrebbe stare sull'orlo di un dirupo, dove migliaia di ragazzini giocano una partita in un immenso campo di segale, e prendere al volo quelli che stanno per cadere giù».

«Quella sera ho capito che eri tu il mio "acchiappatore"!».

Sono felice, questo viaggio è bellissimo, stiamo attraversando il Vermont, che è un posto incantevole, pieno di verde, di laghi e di casette di legno.

Passiamo un ponte di legno che sembra infinito e arriviamo a Cornish dove da qualche parte vive Salinger.

Costeggiamo il fiume, superiamo un vecchio mulino e poi un piccolo cimitero di campagna.

Una vecchia scuola di legno, altre fattorie, una lunga fila di alberi fino ad arrivare a un vecchio granaio rosso, e ci inerpichiamo su una strada sterrata che non finisce più.

Meno male che sa dove andiamo, altrimenti avrei dovuto prendere una settimana di ferie.

Finalmente arriviamo su una collina da cui, o mio Dio, vediamo la sua casa.

«Vedi quella casa in cima alla collina di fronte? Quella è casa sua e tutti questi ettari di terreno che ci separano sono suoi».

«Ma è lontanissimo», dico un po' delusa.

«È vero, ma noi siamo qui per consegnargli la tua lettera, quindi armiamoci di coraggio perché dobbiamo arrivare fino alla sua cassetta della posta e, non scherzo, rischiamo la vita! Avanti andiamo!».

«Ma cosa possono farci?», dico.

«Tecnicamente Salinger ha tutto il diritto di spararci a

vista perché siamo nella sua proprietà e ti dirò che in passato lo ha già fatto!».

«Ma allora avevo ragione, siamo in pericolo!».

Pronuncio queste frasi da telefilm di serie B una dietro l'altra, ma ho sinceramente una gran paura di essere impallinata.

«È il prezzo da pagare per un sogno da realizzare!», dice Edgar.

Arriviamo alla strada che porta alla collina e un minaccioso cartello di proprietà privata ci intima di non proseguire, ma noi passiamo oltre.

Ho una paura tremenda, ma non potevo telefonargli?

Che idea del cazzo!

«Che hai Monica, non parli da un quarto d'ora», mi sfotte Edgar.

«Che fai mi provochi? Me la sto facendo sotto, giuro!, speriamo non ci veda».

Dopo una salita di dieci minuti, arriviamo davanti alla casa.

Mi sfugge totalmente il motivo di questa missione suicida, ma mi sembra di ricordare di averlo voluto io, quindi non mi resta che farmi coraggio.

Estraggo dallo zainetto la busta azzurra, la apro e la rileggo un'ultima volta.

È come dire addio ad una vecchia amica, come chiudere un capitolo della propria storia e, se non mi sbrigo, potrebbe essere come dire addio al mondo...

Mi avvicino molto lentamente e imbuco la lettera nella cassetta e sempre molto lentamente ritorno da Ed e rimaniamo un istante a fissare la casa che è un po' decadente e triste, come il suo proprietario. Accanto c'è una specie di stanzetta dove probabilmente lui scrive ancora.

Mentre siamo lì fermi a osservare, la porta della stanzetta si apre e ne esce un vecchio signore molto alto, vestito con abiti da lavoro, che cammina con un bastone.

Lo riconosco subito, anche se le sue foto sono molto vecchie, è lui, è J.D. Salinger.

E forse adesso ci uccide.

Ci guarda un po' stranito e siamo pronti a spiegargli il motivo della nostra visita e a correre via subito, ma non ha un'aria ostile, sembra anzi incredibilmente stanco.

Deve avermi visto imbucare la lettera e ora sta andando ad aprire la cassetta.

Edgar mi tiene la mano da alcuni minuti, è un momento emozionante per tutti e due, non avremmo mai pensato di vederlo così da vicino.

Apre la lettera con una certa difficoltà, sembra che gli tremino le mani e la legge.

Mi guarda per un lungo momento.

Mi ricorda un vecchio leone, stanco ma fiero. Inclina la testa da un lato, poi mi sorride e pronuncia tra le labbra le parole «Grazie a te», poi mi fa un cenno di saluto con la mano e se ne va.

Siamo rimasti impietriti.

L'esperienza più fantastica del mondo, ne parlerò ai miei nipoti e ai nipoti di tutti i miei amici e anche ai nipoti dei miei nemici. Tutti devono sapere cosa abbiamo vissuto oggi.

Siamo ancora sciocсati e, scendendo, non facciamo che ridere per scaricare l'adrenalina.

Arrivati in fondo, guardiamo su un'ultima volta e poi Edgar mi prende le mani e mi chiede:

«Sei felice?»

«Sono felice da urlare!».

E così dicendo, ci guardiamo per alcuni lunghi secondi negli occhi e poi mi dà il bacio più bello della mia vita.

Uno di quei baci lunghi e morbidi che ho visto dare solo in tutti quei film di cui ho fatto indigestione in anni e anni di serate passate in casa a sognare.

Perché non mi ha baciata prima?

Mi tiene il viso tra le mani e tiene gli occhi chiusi. Lo so perché ho sbirciato.

Il cuore mi salta da tutte le parti e avverto quella sensazione che chiamano "farfalle nello stomaco".

Ed è bellissimo.


Risaliamo in macchina e siamo un po' imbarazzati.

Anche se non ci diciamo niente, è logico che siamo tutti e due molto presi.

Per spezzare un po' il ghiaccio, Ed propone di farci un giro da turisti e passiamo una giornata incantevole.

Il tempo è splendido e fa piuttosto caldo. Noleggiamo due biciclette e scorrazziamo per i parchi. È fantastico avere un po' d'erba sotto i piedi, non ne potevo più dei grattacieli.

Trascorriamo una giornata bellissima continuando a ridere e a scherzare.

In un negozio ci compriamo un braccialetto uguale, per suggellare la grande e irripetibile esperienza, come due teenager.

Quando comincia a farsi buio ed è ora di andare, capisco che le sorprese non sono finite.

«Ho prenotato in un posto che ti piacerà da morire», dice Edgar. «È un piccolo Bed & Breakfast in stile coloniale affacciato sul fiume, se non è troppo freddo possiamo cenare sulla terrazza».

Solo nelle favole ci sono posti così. C'è la luna piena e la vallata è tutta illuminata, non ci sono macchine, non c'è rumore, si sente solo il fiume.

Giunti alla reception mi metto a curiosare per la sala e sento che Edgar ha prenotato due camere. Sono sollevata perché se avesse preso una doppia suonava un po' come una cosa premeditata, ma non sarebbe stato da lui. Edgar è un vero signore.

Ceniamo in terrazza al chiaro di luna. Non so se alla fine sono riuscita a scambiare la mia vita con quella di Jennifer Lopez, ma penso che lei non si offenderà se, per stasera, prendo in prestito la sua e domani torno a fare la piccola fiammiferaia.

Quando è ora di andare a letto, mi accompagna sulla soglia di camera e mi dà il bacio della buona notte.

«Buonanotte Monica».

«Buonanotte Ed».

Esito un attimo e ho la percezione che quello sia esattamente il momento magico, il momento perfetto, quello che passa e va, quello che ora o mai più, e sento che lui è troppo educato per chiedermelo.

«Ed... dormiresti con me?».

Dormiresti... Anche mia nonna sarebbe stata più audace!

Ma si può sapere perché sono sempre così impacciata?

Lui sembra non accorgersene, anzi apprezza la spontaneità e passo la notte più bella della mia vita.

Non c'è niente da fare, quando fai l'amore con qualcuno che ami è tutta un'altra cosa.

Lui è dolce, delicato, tenero.

È il paradiso.

Ci addormentiamo abbracciati, parlando di noi.

Ed mi accarezza i capelli e io mi sento a casa.

Finalmente.


Ritornare a New York è un po' triste dopo tutte le emozioni di ieri, ma le cose belle devono finire.

Tutta la mia realtà si è capovolta, i miei sogni si sono realizzati e sono qui con l'uomo di cui sono innamorata, anche se per mesi non ho osato ammetterlo a me stessa.

La vita certe volte è imprevedibile, quasi sempre ti carica di difficoltà, ma quando decide di darti ascolto, ti può travolgere.

Devo assolutamente trovare altri sogni da realizzare.

In macchina spiego a Ed come ho deciso di terminare il romanzo e ne è entusiasta.

Confesso che per un minuto ho anche pensato che quella del libro fosse una scusa per portarmi a letto.

La mia solita incrollabile autostima.

Dopo un po' che viaggiamo, però, Ed si fa taciturno. Ho sempre odiato la domanda: «A cosa pensi?», ma ho una voglia irresistibile di chiederglielo, solo che non faccio in tempo a formulare la domanda che lui mi dice:

«Monica, c'è una cosa che devo dirti».

E sento che sarà una cattiva notizia.

«Parto mercoledì per Edimburgo».

Nientedimeno?

Ecco che J. Lo. si è ripresa la sua vita... Che tempismo!

Stronza!

«Devi mandarmi la fine del libro via e-mail e io mi occuperò della correzione e del lancio e ti spedirò il contratto da firmare».

«Ma devi scappare via così? Non puoi aspettare di finirlo con me?»

«Purtroppo non posso, dovevo rientrare due settimane fa. Ci sono cose molto urgenti di cui mi devo occupare».

«Questo vuol dire che ti rivedrò... quando?»

«Per un po' di tempo rimarrò in Inghilterra, ma ci sentiremo spessissimo per telefono e per e-mail».

Non me ne frega più niente del libro.

E ho sempre odiato le e-mail.

Mi viene in mente una frase che Truman Capote scrisse come prefazione al suo romanzo *Preghiere Esaudite*: «Si versano più lacrime per le preghiere esaudite che per quelle non ascoltate».

Non ci diciamo altro praticamente fino a casa.

Non riesco a capire se lui sia amareggiato quanto me, o se sia seccato per il lavoro.

Sento che è molto nervoso e non sono abituata a vederlo così, ma non posso dirgli nulla perché mi sento di nuovo triste e confusa.

Mi accompagna a casa e mi bacia sulle labbra e poi mi dice: «Ti chiamo domani».

E penso: «Puoi anche non chiamare mai più».

Ma non è vero.

## DIECI

A casa i ragazzi, che sono al corrente di tutto, mi accolgono facendomi un sacco di feste, ma io avrei solo voglia di starmene in camera mia a riflettere su tutto quanto con molta calma.

Questa volta sono molto determinata a non sbagliare le mie mosse.

Racconto velocemente quello che è successo e millanto un feroce mal di testa per poter filare a letto.

Tutte le volte che un pensiero mi sovrasta, sento la necessità di infilarmi a letto e dormirci su. Quando penso troppo, tutto si distorce e non ci capisco più niente, mentre se ci dormo su, al mattino tutto è un po' più logico e chiaro.

Sono le tre di notte.

Non riesco a dormire.

Che devo fare con Edgar? Perché era così nervoso? Come mi devo comportare, faccio l'indifferente ostentando distacco e superiorità o m'incateno alla sua macchina chiedendogli di non partire?

Ho bisogno di un confortante bicchiere di latte caldo con i biscotti al cioccolato.

Scendo silenziosamente le scale e vedo Sandra in cucina che guarda il *David Letterman Show* senza audio.

«Non riesci a dormire neanche tu?», le domando.

«Non dormo mai bene quando c'è la luna piena, e tu stai bene? Le tue carte erano strane!».

Dimenticavo che le donne incinte sono iper sensibili. E una sensitiva incinta è ancora peggio.

«Sono successe un po' di cose con Edgar e ora non so come devo comportarmi».

«Apriti a me, sorella!».

«Non voglio darti altri pensieri».

«Al contrario, mi fa bene pensare un po' a quelli degli altri una volta tanto. Poi pensa che vantaggio che hai, l'uomo più stronzo sulla terra l'ho trovato io, quindi non può in alcun modo essere peggio!».

Che carattere ha questa donna.

«Come vuoi. Edgar mi ha portato a Cornish come sai. Durante il tragitto di andata mi ha raccontato della sua vita passata. Una storia terribile, dolorosa… Sua moglie è morta uscendo fuori strada con la macchina, una specie di suicidio. È morta cinque anni fa, da allora non ha più avuto altre storie. È stato così male… poveretto…

Il giorno che è entrato in negozio e mi ha vista, gli sono piaciuta e ha provato di nuovo il desiderio di stare con qualcuno. Ha cominciato ad occuparsi di me, mi ha aiutata a concretizzare i miei progetti, a credere in quello che faccio ed ha esaudito i desideri più grandi che avevo».

«Come Julius…», commenta Sandra.

«Già il giorno e la notte. Ma non avrei mai pensato che si sarebbe potuto innamorare di me».

«E perché no?»

«Perché in confronto a lui sono una ragazzina con le idee confuse e lui è un uomo... con le palle».

«Più che un uomo con le palle è un uomo che ne ha passate di tutti i colori, c'è una certa differenza...».

«Abbiamo passato due giorni indimenticabili. È stato un sogno. Ho capito di essere sempre stata innamorata di lui e che quello che mi legava a David era tutta un'altra cosa».

«Quello che ti legava a David era banale attrazione fisica unita all'ambizione che lui, un giorno, avrebbe lasciato la sua donna per te... Ha! Ha! Povera illusa!», fa Sandra inzuppando un biscotto nel mio bicchiere di latte.

«Ma non eri a dieta?»

«Sono stata a dieta tutto il giorno. Stavi dicendo?»

«Edgar mi ha detto che deve ripartire per Edimburgo fra tre giorni e che per un po' non potrà tornare. È diventato improvvisamente nervoso e non so come interpretarlo».

«È stato prima o dopo che...».

«Il giorno dopo».

«Un classico».

«Sandra ti prego...».

«Scusami, è che ho sempre un po' il dente avvelenato. Ho sempre avuto buone vibrazioni su Edgar, non penso che sia uno stronzo, forse è solo confuso. Dovrei fargli un giro di carte».

«Ma senza carte sei in grado di dirmi quello che pensi di lui?»

«Senti, se lui è stato bene, ti ha detto che è innamorato e ha montato tutta questa scena per portarti lassù da quell'eremita, sinceramente credo che sia solo dispiaciuto di dover partire».

«Dici?»

«Ma sì, avrà bisogno di conferme, in fondo non è più giovanissimo, sa che hai amato David come un'ossessa e non riesce a capire cosa trovassi in lui... Nemmeno io, se posso permettermi.

Sa anche che tornando in Scozia gli mancherai da morire e che tu sei giovane e bella e che puoi lasciarlo e farlo soffrire».

Taccio pensierosa. Ho davvero tutto questo potere?

«Gliel'hai detto quello che provi?»

«No».

«Perché?»

«Perché ho paura».

«Di cosa hai paura».

«Di lasciarmi andare e di soffrire come per David».

«Che noia, bambina mia! Ma lasciati andare un po', non puoi stare sotto vetro. Se senti di provare qualcosa per lui dimostraglielo e basta. Se lui ti rifiuterà vuol dire che è un cretino che non merita il tuo affetto, ma, ti ripeto, che il più cretino l'ho trovato io e non corri questo rischio».

«Da quando ti sei laureata in psicologia?»

«Da quando leggo Charlie Brown... cinque cents, *please*!».

«Sandra, ci pensi mai a Julius... a cosa fa, a dov'è...».
«Penso che con uno spillone conficcato fra le palle non sarà andato lontano!».
«Gli hai fatto il woodoo?»
«No scherzo, però ti confesso che ogni tanto mi solletica l'idea. Adesso dormici sopra e domattina vedrai che tutto andrà meglio. A proposito, ho letto il biglietto di Jeremy, non so tu, ma io non ho assolutamente voglia di rivederlo».
«Mandiamogli il conto dell'imbianchino!».
E ridendo ce ne andiamo a letto.

Ho l'ansia. Inutile negarlo.
Ho pessimi presentimenti e da sempre i miei presentimenti si trasformano in tristissime realtà.
È vero anche che ho pessimi presentimenti tutte le volte che prendo un aereo e che fino ad ora non sono mai caduta, quindi forse i miei pessimi presentimenti riguardano solo la sfera sentimentale.
Dovrei comportarmi come un'adulta e dirgli: «Non preoccuparti per me, amore, io starò bene, in fondo è solo per qualche mese, no? E poi sarò occupatissima con la stesura del romanzo».
Ma chi mi dice che gli adulti si comportano così...
Quello che sento in questo momento è una paura tremenda di essere abbandonata e sento già la sua mancanza.
Non mi importa di sembrare un adolescente se questo è quello che provo.

Temo solo di perderlo dicendoglielo. Non vorrei si sentisse investito di una responsabilità troppo grande.

Forse devo rassegnarmi a rimanere senza amore, a guardare per sempre film in videocassetta armata di kleenex e cioccolatini, mentre piango tutte le mie lacrime di zitella.

E se gli ricordassi sua moglie? Come ne *La donna che visse due volte*.

Dovrò stare lontana dalle torri.

Ecco che in quattro e quattr'otto, mi ritrovo all'aeroporto JFK ad accompagnare un Edgar visibilmente teso, mentre tutti i bei discorsi che mi sono preparata giacciono schiacciati dall'enorme peso della mia angoscia.

Mi ha lasciato tutti gli indirizzi dove lo posso rintracciare – compresa l'e-mail! – e mi dice che mi chiamerà presto.

Perché dice «presto» e non dice «appena arrivo»?

Mi stringe forte e passa rapidamente attraverso il metal detector e poi viene inghiottito dalla porta d'imbarco.

Mezz'ora dopo sono con le mani incollate al vetro e lo vedo decollare e istintivamente lo saluto con la mano, sperando che lui mi stia salutando in quello stesso momento.

Sto malissimo.


Non può essere veramente partito.

Come faccio adesso senza di lui?

Questa è la domanda che mi attanaglia da ore, ormai. Non ho neanche idea di quando arriverà.

C'è un fuso orario infinito da calcolare e che ne so io della sua vita in Scozia?

Ci sarà posto per me?

Una delusione dietro l'altra, ecco cosa mi merito.

Devo essere stata proprio cattiva nella mia vita precedente per meritarmi questo.

Incontro sempre persone che mi sfuggono, stanno con me per un po', ma poi tornano sempre da qualcun altro.

Voglio passare almeno due giorni di sana depressione a letto, accanto al telefono, così potrò ripensare nei dettagli a tutto quello che abbiamo fatto insieme, fino a che il dolore diventerà insopportabile.

Sono da ricovero.

Non ho voglia di lavorare, ho la faccia di un cadavere e le zie se ne accorgono subito e mi fanno notare che devo essere all'altezza dello standard del negozio e dei suoi clienti.

Sarà, ma con la paga che mi danno, non mi posso certo permettere una messa in piega da Elizabeth Arden al giorno.

Il mio umore è nero e il mio cuore spezzato, e non posso fare altro che macerare nella mestizia.

E aspettare questa cazzo di telefonata!

Sono completamente nel pallone: ho sbagliato un resto, fatto consegnare una cassapanca del Seicento a un tizio che voleva un quadro e sono corsa a controllare eventuali chiamate al telefonino almeno trecentoventi volte. Questa non è vita.

Mi mandano via un'ora prima e mi sento anche umiliata.

Ci manca anche che perda il lavoro e me ne ritorni a casa.

Perché gli altri non fanno quello che farei io?

Una volta David mi disse che il segreto per vivere bene è non aspettarsi mai niente dalle persone, così, se ti danno qualcosa la prendi, se invece non ti danno niente, non rimani deluso.

In quel momento mi sembrò una visione terribilmente pessimistica della vita, ora invece capisco quello che voleva dire.

Questo però non mi impedisce di domandarmi «perché» almeno una dozzina di volte al minuto.

Perché non mi ha detto prima della sua partenza?

Perché ha cambiato atteggiamento?

Perché sembra che non mi voglia più bene?

Perché non gli ho detto quello che provo per lui?

Perché sono così cretina?


Sono irrequieta e non ho voglia di rimanere in casa stasera.

Sandra non esce e Mark è con il suo fidanzato inseparabile in serata Blockbuster.

C'è solo una cosa che posso fare, ed è chiamare Jeremy.

Mi sento morire all'idea di farlo, ma se non esco e mi distraggo mi fonderò il cervello a forza di pensare.

Mi conosco, almeno penserò ai guai di qualcun altro e passerò un paio d'ore diverse.

Quando lo chiamo è contentissimo di sentirmi, dice che non ci sperava più.

Ripete non so quante volte «Ma dai» e «Non ci posso credere». Sembra un disco rotto.

Gli avranno fatto un elettroshock.

Dice che mi passa a prendere alle otto e che mi porta in un bel posto.

Mentre mi preparo, Sandra, con la sua consueta discrezione, piomba in camera mia per chiedermi qualcosa e mi vede pronta per uscire.

Arrossisco come se mi avesse colto con le mani nella marmellata.

«Esci a cena?»

«Sì».

«Ma non è partito stamani Edgar?»

«Sì, ma non esco con lui», dico fra i denti.

«E con chi esci così in tiro?»

«Con Jrmi», dico a testa bassa e denti stretti.

«Con chi?»

«Jrm».

«Ma che lingua parli, non ti capisco!».

«Jeremy».

«Con JEREMY?»

«Ma sei uscita di cervello? Esci con Jeremy il pazzo? Oddio, se lo sa, Mark ti ammazza! Guarda che non ho un Julius da aizzargli contro questa volta!».

«Non dirlo a Mark ti prego... È che sono stanca di

stare in casa a pensare e poi è un'opera buona, ti prometto che, finita la cena, torno subito a casa».

«Ah, Miss Rossella, du mi fare disberare!», ed esce scuotendo la testa.

È follia pura, me ne rendo conto, ma ormai è fatta.

Alle otto arriva Jeremy. Uscendo vedo Mark e Fred accoccolati nel plaid del divano e Sandra, prima di uscire, mi dà un amuleto da tenere in tasca.

Jeremy è cambiato. Ha i capelli più lunghi, la barba ed è ingrassato un bel po'.

Mi fa un mucchio di complimenti e poi mi dice di aver prenotato da Luce's.

«Dove? Ma è uno dei ristoranti più esclusivi di New York, bisogna prenotare mesi prima per cenare lì!».

«Ho fatto una telefonata a un tizio che era in clinica con me e che lavora lì. Non immagini quanti vip ci fossero là dentro».

Saliamo in macchina. Nessuno dice niente.

C'è un odore di deodorante per auto così forte, che mi viene la nausea.

«Questo *arbre magique* è buono, ma un po' forte», dico per rompere il ghiaccio.

«Veramente è il mio profumo...».

Ho rotto il ghiaccio e sto sprofondando nelle gelide acque dell'imbarazzo.

Quando arriviamo, Jeremy, da vero gentiluomo, mi apre lo sportello della macchina, mi fa scendere, ed entriamo in uno dei ristoranti francesi più cari dell'emisfero.

Il maître ci dà un ottimo tavolo e subito arrivano uno stormo di camerieri che si muovono velocissimi come delle rondini per versare acqua, champagne, ancora champagne e ancora champagne.

Non sono un alcolista, ma allo champagne non so resistere e poi, chissà quando mi ricapiterà. Jeremy, invece, non può nemmeno toccarlo, mi dice, allora abbasso il gomito anch'io.

Però con molta tristezza.

Jeremy non parla molto. In effetti l'ho visto solo una volta ed era già ubriaco, quindi non ho idea di che tipo sia.

Finalmente arrivano i menù. Il mio è senza prezzi, ovviamente, ed ho il terrore di prendere qualcosa che non mi posso permettere. Se per caso litighiamo e lui se ne va prima di me, sarò spacciata. Mi è già successo una volta... per fortuna ero in pizzeria.

«Jeremy, è tutto in francese, non so cosa prendere».

«Se non ti dispiace faccio io, visto che sei mia ospite».

«Sì prego, fai pure», sarei più tranquilla se lo mettesse per iscritto.

La conversazione langue, Jeremy è timidissimo, balbetta un po' e arrossisce continuamente.

«Sono felice che tu abbia accettato... di uscire con me... non... non ci speravo».

«E perché non avrei dovuto?», bugiarda che non sono altro, se c'era Edgar col cavolo che sarei stata qui stasera.

«Sai... è parte della terapia che... io riesca... a... scusarmi con le persone a cui ho fatto male... in... in... passato».

«Vabbè, dai, è passato ormai, non pensiamoci più».

Silenzio di nuovo.

«Vuoi parlarmi della terapia?»

«Sì... io... sì, se non ti dispiace, mi farebbe bene. Non ho molti amici al di fuori del centro... È stata dura sai... ho mangiato così tante caramelle che ho preso dieci chili... Non pensavo di essere arrivato ad un tale livello... io, cioè, non credevo di avere una dipendenza dall'alcool... Mi... mi sembrava... di poterne fare a meno anche se tutte le sere mi trovavo una scusa per uscire e... bere. Ora ne parlo abbastanza facilmente, ma per arrivare a questo ce n'è voluta».

«Eppure, quando ti ho conosciuto, mi hai fatto un'ottima impressione».

«Ero già brillo...», arrossisce, «Sam mi aveva detto che voleva presentarmi una ragazza molto carina e io... per essere all'altezza mi ero già scolato mezza bottiglia di gin».

Ci portano un micro antipasto di pesce, composto da un'aragostina leggermente marinata avvolta da un sottilissimo strato di lardo – sicuramente di Colonnata.

È delizioso e si scioglie in bocca, ma dura un nano secondo ed è già finito.

Se ci portassi Sandra, aggredirebbe il maître.

«La cosa più imbarazzante...», continua Jeremy, «Sono le sedute di gruppo. Sono tutti così aggressivi e... tu... tu non credi di essere così, cioè... come loro e pensi di essere migliore e, invece, alla fine il problema è lo stesso per... tutti anche se a livelli diversi».

Ecco che arriva un bocconcino di cernia imbevuto di un goccio di besciamella timidamente nascosto in una sfoglia tartufata. Semplicemente divina.

Ascolto con attenzione il discorso, ma sono anche molto concentrata sul cibo.

«Se non bevevo mi sentivo fuori posto... Diverso... non a mio agio... Ma se bevevo ero un altro. Usciva fuori una parte di me molto più forte e... e sicura. La sera che ti ho conosciuta... ho pensato che... se mi avessi visto com'ero, cioè come sono veramente... non mi avresti voluto».

Jeremy è talmente preso a raccontare che non sta mangiando, io muoio di fame e non ho il coraggio di chiedergli la sua parte. Lo stormo ritorna e con un frullo di ali porta via i nostri piatti e, ahimè, anche l'altra sfogliatina che non tornerà mai più.

«La sera in cui ti ho... aggredita... ero fatto, pieno di coca... Sono andato completamente in palla e... non ho capito più niente, stavo solo male e volevo che finisse... il dolore, l'angoscia... volevo buttarmi dalla finestra... mi ha ripreso mio fratello per un pelo».

Ho i brividi ad ascoltarlo. Mi ricordo perfettamente quella sera, sono morta di paura.

Gli prendo la mano e gli sorrido. «È finita adesso, stai tranquillo».

«Monica, c'è una cosa che voglio dirti», dice mentre giunge un risottino allo zafferano con capesante e funghi. «Io... sono tanto pentito per quello che ho fatto e... voglio cambiare e...».

Tutte queste pause mi faranno raffreddare il risotto. Mannaggia.

Mi prende la mano fra le sue, quella con cui mangio ovviamente, e mi dice:

«Ti prego di ascoltarmi perché per me è difficile parlarne... da sobrio, voglio dire... io non sono mai stato così innamorato come adesso, Monica».

Rimango col boccone di risotto in bocca mentre lui mi guarda dritto negli occhi.

«Sono cambiato e voglio seriamente... iniziare una relazione con...».

«Jeremy, non aggiungere altro, ti prego», lo interrompo. «Ho accettato di rivederti perché mi sembrava giusto, anche se gli altri pensavano che fossi pazza. Non ha funzionato l'altra volta e non funzionerebbe questa, semplicemente perché non siamo fatti l'uno per l'altra. Mi lusinga molto che tu sia ancora innamorato di me, ma io non lo sono. Io sono innamorata di un altro uomo e non c'è posto nel mio cuore per te. So che sei forte abbastanza per capirlo».

Jeremy lascia la mia mano e mi guarda interrogativo.

«Io non parlavo di te, Monica».

Dio che figura.

«Ah no?»

«No, volevo dirti di questa ragazza che ho... conosciuto in clinica e con cui ho una storia e che siamo molto innamorati, speravo ti facesse... piacere saperlo».

La regina delle gaffe, ecco cosa sono. Che vergogna.
«Che bello, sono molto felice per voi».

E per fortuna mi un viene in soccorso un carpaccino di marlin spolverato di paprika.

Scende di nuovo il silenzio e stavolta sarà difficile salvare la situazione.

La cena finisce parlando del più e del meno.

Jeremy mi chiede di Edgar, ma non ho più tanta voglia di parlargliene, tanto più che, ora che ci penso, lui sarà arrivato a casa e io muoio dalla voglia di sentirlo e di chiarire.

Jeremy mi accompagna a casa e stavolta non mi apre la porta, ma per fortuna non mi butta nemmeno di sotto. Sarebbe il minimo.

Ci salutiamo un po' imbarazzati e ci auguriamo buona fortuna.

Ne avremmo bisogno tutti e due.


Entro in casa a testa bassa e con la coda fra le gambe. Dio che figura meschina. Lui voleva farmi capire che era cambiato e che stava mettendocela tutta e io sono partita in quarta convinta che fosse ancora innamorato di me.

Meritavo di pagare la cena.

Per di più, ho ancora fame, non ci sono messaggi per me e domani devo andare a lavorare e come al solito non ho sonno.

Gli scrivo un'e-mail:

Caro Ed,
sei partito da un giorno e mi chiedo che succede.

Non ci siamo salutati a dovere e non ci siamo detti un sacco di cose, almeno io non te ne ho dette molte, ma forse è meglio che cominci tu.

Ti ho visto diverso in questi ultimi due giorni e, anche se capisco lo stress di una partenza, forse c'era qualcos'altro che volevi dirmi.

Ti manderò presto il nuovo capitolo del libro.

Mi manchi

Con affetto<br>Monica

Che lettera di merda.

È così finta che potrebbero metterci l'etichetta 100% poliestere!

Come faccio a dirgli che penso continuamente a lui, che ho ricominciato a fumare e che non dormo la notte.

Vabbè, è partito solo da un giorno, suonerebbe un po' fobico e non voglio che pensi che sono una pazza pericolosa, anche se lo sono.

Quando arriverà, avrà sicuramente un sacco di cose da sbrigare e forse non potrà rispondermi subito, e peggio, se gli scrivo qualcosa di troppo pesante potrebbe non avere affatto voglia di rispondermi e poi adesso c'è un oceano tra noi e una vita di cui non so assolutamente niente.

Ecco, l'ho spedita e adesso la mia ansia è raddoppiata.

Ora terrò acceso il telefonino e il computer, sussulterò ad ogni squillo del telefono e alla fine mi beccherò un cancro per la valanga di radiazioni assorbite.

Se questa è emancipazione...

Sento sbattere la porta. Dev'essere rientrato Mark, mi affaccio per salutarlo, ma non mi risponde, strano, sono un paio di giorni che mi evita.

Deve aver litigato con Fred.

# UNDICI

In negozio oggi sono stata bravissima. Per rimediare al casino di ieri, mi sono offerta di pulire tutte e tre le vetrate e le zie hanno accettato.

In seguito mi hanno chiesto se potevo fare anche due consegne a domicilio già che c'ero, il che voleva dire, già che ero vestita come una barbona.

Qualunque cosa pur di tenere la testa impegnata dall'altalenante ritornello "avrà letto-mi avrà risposto?", che mi logora da stanotte.

Dopo il lavoro, approfitto per fare un giretto per negozi, sempre per tenere il cervello occupato.

La serata è così fresca, si sente la primavera nell'aria e naturalmente tutte le coppie innamorate hanno scelto stasera per uscire, mano nella mano, davanti a me.

Sarò superiore.

Dopotutto essere nostalgici a Manhattan è sempre meglio che esserlo a Centocelle.

Mentre passeggio per Soho, vedo un grazioso negozietto di pietre e cristalli dall'aria vagamente esoterica.

Decido di entrare attirata dall'odore dell'incenso che ormai mi ricorda subito casa.

Appena entro, mi si avvicina una vecchia hippy sui cinquanta con un caftano turchese e le dita piene di anelli che ne ha sicuramente fatte di tutti i colori – beata lei – e che mi guarda dritto negli occhi.

«Dov'è andato lui?», mi dice.

«In Scozia», rispondo sovrappensiero.

Oddio, ma come fa a saperlo questa?

«Sento negatività intorno a te, vedo tristezza, partenze improvvise, affetti lontani, e anche una morte recente».

Devo sedermi! Devo aver avuto una fuoriuscita improvvisa di pensieri!

«Chi gliele ha dette queste cose? Conosce qualcuno che conosco io? La manicure pettegola di *Donne* di Cukor? Impossibile, perché non frequento saloni di bellezza! Lei è uno spirito guida o io stavo parlando a voce alta?»

«La tua aura parla da sola, amica mia».

«Eh no, non me la bevo la storia dell'aura, siamo negli anni duemila ormai e poi non crederà di incantarmi con un paio di frasi buone per tutti!».

«Scetticismo tipico dei gemelli... Comunque, credimi, lui non ha un'altra donna laggiù», mi dice prendendomi la mano.

Mmm, la cosa si fa interessante... vediamo se dice le stesse cose di Sandra.

Passo due ore con Arabella, questo è il suo nome.

Mi ha detto cose interessantissime sul mio passato e su quello di Edgar.

Pare che in una vita passata fossi un pirata e forse questo influisce ancora oggi sulle mie scelte, non ho ben capito come però.

La chiacchierata mi è costata solo cento dollari mentre il quarzo rutilato che mi ha venduto e che devo tenere sotto il cuscino per allontanare le negatività, l'ho pagato solo trecento dollari!

Arabella mi ha assicurato che vale almeno il doppio.

Infine, mi ha invitata a seguire i suoi corsi di regressione nelle vite passate, pulizia dei chakra, apertura del terzo occhio e, se voglio, può anche darmi una consulenza finanziaria sui nuovi fondi di investimento.

In ogni caso è stato molto istruttivo, ora posso anche correre a casa a controllare la mia posta elettronica.

Sì, sì, siiì!

Mi ha risposto!

L'agonia è finita ed è sicuramente merito del quarzo rutilato e dei suoi benefici effetti.

Se solo lo avessi saputo prima, ne avrei comprata una miniera.

Apriamo il suo messaggio, vediamo cosa dice:

Cara Monica,
sono appena rientrato e ho letto il tuo messaggio. È un periodo molto difficile per me e capisco che il mio comportamento possa averti disorientata.

Mi sento molto stanco di correre come un matto a destra e a sinistra e di essere solo, ma sono anche così abituato a questa vita che, ti confesso, che mi spaventa molto l'idea di avere una relazione con un'altra persona. Non sono più un ragazzino e il mio passato influisce purtroppo, in maniera molto profonda, sul mio presente, più di quanto io creda.

So che sono stato io a coinvolgerti e adesso penserai che sono uno stronzo, ma devi credermi quando dico che ti voglio veramente bene e che non ci sono altre donne nella mia vita, ma in questo momento sento, anche se vorrei che non fosse così, che non posso avere una relazione che implichi degli obblighi.

Le cicatrici del mio infelice matrimonio non sono ancora rimarginate.

Tu sei stupenda e sto benissimo quando sono con te, è solo che ora che mi sento coinvolto emotivamente, sono anche più confuso e non voglio fare degli errori che potrebbero farti soffrire.

Stiamo tranquilli e vediamo come si mettono le cose.

Credimi, ti ripeto, non ci sono altre donne e non ti ho mai mentito.

Ti abbraccio forte.

Ed

Com'era la battuta di *Frankenstein Junior*?
«La scienza ci insegna ad affrontare i nostri successi e i nostri fallimenti con calma, dignità e classe».
«Sandraaa!!! Aiutooo!!!».

La povera Sandra sale faticosamente le scale sotto il peso dei suoi cinque mesi di gravidanza.
«Ti prego, traducimi questa lettera in parole povere!», piagnucolo.
«Du ghiedere drobbo a bovera Mami inginda!».
Leggiamo e rileggiamo la mail e la svisceriamo come se dovessimo preparare l'arringa per la difesa di un condannato a morte.

Non c'è di che fare i salti di gioia e siamo lontani mille miglia dall'Edgar che mi ha portato a Cornish, ma, come mi fa notare Sandra, è sincero, sincero ed umano.

Forse è anche più vero adesso, di quando faceva a tutti i costi l'angelo custode.

È saltato un po' troppo rapidamente dalla fase A di corteggiamento, alla fase B di fuga dai legami seri, ma finora è tutto nella norma.

«Proprio perché sei tu, ti darò un'altra lezione sugli uomini», fa Sandra mettendosi i miei occhiali

«Primo: se vuoi quest'uomo devi avere pazienza.

Secondo: devi averne proprio tanta, perché con quello che ha passato, anche un grammo di senso di colpa in più lo uccide.

Terzo: in nessun caso devi fargli pesare quanto tu sia rimasta delusa dal suo comportamento, perché adesso non è in grado di reggere.

Quarto: ha finito tutta la sua scorta di entusiasmo e, da buon depresso, si sta rintanando nella sua caverna.

Quinto: aspettalo all'uscita della caverna e coccolalo».

«*Gli uomini vengono da Marte, le donne da Venere*, ti ho beccato questa volta!».

«Non scherzare, quel libro è la Bibbia per me, se lo avessi avuto prima forse non sarei una povera ragazza madre!».

«Io dico di sì, invece!».

«Sì, credo anch'io!».

«Però, che palle, tutte le volte che comincio una storia deve sempre succedere qualcosa di catastrofico: David era fidanzato, Jeremy un alcolista e Edgar col fantasma della moglie morta».

«Un po' sfigata sei in effetti, però, Julius, in un colpo solo, li ha battuti tutti... ehi, cos'è questo, quarzo rutilato?», dice spostando il cuscino.

«Toh, chissà come può esserci finito», dico facendo la vaga.

«Non vorrai mica dirmi che ti sei comprata un quarzo rutilato? Lo sai quanto costa un quarzo rutilato?»

«Be', più o meno...», vorrei che non mi ci facesse ripensare.

«Ti sei venduta al nemico adesso?», mi dice indignata tenendo le mani sui fianchi e ondeggiando la testa.

«Ma tu non leggevi i fondi del caffè?»

«Li leggerei se qualcuno non li buttasse via continuamente!».

«Dai, se mi perdoni ti racconto della cena con Jeremy».

«Monica», dice sedendosi e cambiando improvvisamente espressione, «forse non è il momento migliore per dirti quello che sto per dirti, ma è una settimana che rimando e prima o poi bisogna che lo faccia, anche se Dio sa che non vorrei».

Questo tono non mi piace per niente.

Sento il sibilo della tegola che sta per arrivarmi fra capo e collo sempre più vicino.

«Ci ho riflettuto a lungo e sono giunta alla conclusione che è inutile che io resti qui, a New York, ora che la mia carriera di cantante è passata in secondo piano. La vita qui è troppo cara e sinceramente non mi va di far crescere mia figlia con la continua preoccupazione di non poter arrivare alla fine del mese. Mi manca tanto la mia famiglia e nei Caraibi non saremmo mai sole. La vita è più semplice e più sana, potrei ricominciare a cantare in chiesa o alle feste, come facevo prima, senza più girare per locali di terza categoria… Quindi abbiamo deciso di partire a fine mese».

«Abbiamo… chi?»

«Io e Mark».

*È sbem*! Ecco la tegola che mi colpisce alla velocità della luce e mi lascia senza fiato.

«Tu e Mark ve ne andate a fine mese?»

«Sì, è stato lui a insistere, si sente il padre a tutti gli effetti e non resiste all'idea di non vedere la bambina per chissà quanto tempo e per lui le occasioni di lavorare in un centro sociale non mancheranno di certo».

«Ma, ma come… È un altro scherzo vero? Ora ti metti a ridere no?», la guardo allarmata, ma lei non ride affatto.

«E Fred? Che ne sarà di Fred, non era il suo grande amore?»

«Lo ha lasciato ieri sera».

«Non ci posso credere, dai, Sandra, non potete andarvene così».

«Mi dispiace immensamente lasciarti, Monica, fosse per me non me ne andrei mai, ma c'è una causa di forza maggiore».

«Quindi la decisione è presa ormai».

«Sì, Monica, anche se non mi va per niente di lasciarti sola».

«Non ti preoccupare per me, ci sono abituata. In questi mesi non è successo praticamente altro: mi sono affezionata a persone che mi hanno abbandonata dicendo di volermi bene... meno male che non mi odiavano».

«Non prenderla così, ti prego, mi sento già abbastanza di merda».

«E come dovrei prenderla, secondo te, facendo salti di gioia? Stappando una bottiglia? Chissà da quanto tempo lo avevate deciso e non mi avete detto niente».

«Saranno una decina di giorni, è stato tutto abbastanza improvviso, credimi!».

«Scusami, ma sono molto stanca adesso, domattina mi devo alzare presto e vorrei rimanere sola se non ti dispiace...».

«Monica, questa partenza non cambia niente nella nostra amicizia, tu sei la mia migliore amica e lo sarai sempre».

«Sì certo, le prime due settimane e poi... dai, esci, ti prego».

«Se hai bisogno mi chiami, vero?»

«No, è bene che cominci ad abituarmi alla solitudine, è la compagna più fedele che ho!».

Esce a testa bassa con le lacrime che le scendono sulle guance.

Rimango sola e mi assale un freddo terribile, mi gira la testa.

Non c'è più nessuno accanto a me.

Come se al tavolo del black jack avessi puntato tutti i soldi sul numero sbagliato.

Mi manca il fiato. Mi infilo immediatamente a letto.

Continuo a piangere e a pensare che a nessuno frega niente di me e anche che se muoio non importerà a nessuno.

Non penso di voler morire, ma penso di non voler più vivere. Come la moglie di Edgar.

Mi auguro di ammalarmi e andarmene in un attimo.

Poi d'improvviso mi alzo, mi accendo una sigaretta e comincio a camminare su e giù per la stanza mentre i singhiozzi mi scuotono da capo a piedi.

Devo assolutamente uscire.

Prendo una metropolitana a caso.

Se c'è una cosa buona qui a New York è che a qualunque ora del giorno e della notte puoi mangiare e bere e a me, in questo momento, interessa solo bere.

E parecchio.

## DODICI

Quando faticosamente riesco ad aprire gli occhi, capisco che ho davvero toccato il fondo.

Mi assale la paura, ho la nausea, il mal di testa, un dolore atroce allo stomaco e non so dove mi trovo.

Ho i tubicini nel naso e la gola mi fa un male cane.

Mi sembra di essere in un incubo, ma il peggio è che questa è la realtà.

Cerco di voltare la testa per guardarmi intorno e vedo che c'è qualcuno accanto a me che mi tiene la mano e che sorride dolcemente.

È una ragazza giapponese vestita di bianco, con un faccino tenero che mi ricorda quello di una bambolina.

«Ben svegliata», mi dice, «Come ti senti?».

Cerco di articolare le parole «di merda», ma non riesco a parlare e comincio a tossire fortissimo.

Allora lei mi mette una mano sulla fronte e mi accarezza i capelli come faceva Helen e comincio a calmarmi.

Lei non smette mai di sorridere e questo mi ridà un pochino di fiducia.

Comincio a ricordare, ma ho un sacco di vuoti di memoria.

Ricordo vagamente quando ero in bagno nel bar e poi più niente.

«Non avere paura, tu qui sei protetta da tutti. Ora riposa», dice con un tono di voce talmente angelico che mi scendono le lacrime.

Forse lei è davvero un angelo e io sono davvero morta.

Dormo ancora per un tempo infinito un sonno terribilmente confuso e agitato, ma non riesco a opporre resistenza a tutto questo dolore che sento dentro e decido di non cercare nemmeno di contrastarlo.

Vengo svegliata da una voce che ripete il mio nome e finalmente riemergo da questo torpore profondo e insano. D'improvviso riaffiora tutto.

«Ce la siamo vista brutta vero?», mi dice una donna col camice bianco seduta ad un angolo del mio letto.

«Mi sento da schifo!», dico.

«Lo immagino, stavi per annegare nel fiume e sei stata ripescata per miracolo dalle persone che erano nel bar e che ti hanno vista uscire ubriaca. Ti hanno fatto un massaggio cardiaco e anche una lavanda gastrica e ora dovresti sentirti come se ti fosse passato sopra un autotreno, giusto?».

Faccio sì con la testa.

«Abbiamo avvertito casa tua, ha risposto un ragazzo che si è così spaventato che ero tentata di mandargli un'ambulanza e ora sta venendo qui, è tuo marito forse?»

«No, è il mio coinquilino».

«È molto preoccupato sai? Ora ti lascio un po' sola,

sto aspettando i risultati delle tue analisi e poi, più tardi, ci facciamo una bella chiacchierata, sei d'accordo?».

Rispondo di sì con la testa, come una bambina che l'ha fatta davvero grossa.

«A proposito, lei è Izumi, la tua infermiera», dice indicando la ragazza giapponese di prima, «quindi se hai bisogno di qualcosa non esitare a chiamare».

Sono così carini con me che mi sento ancora più in colpa.

Sarà anche la loro vocazione, ma era da un pezzo che non mi sentivo così coccolata anche se le circostanze non sono proprio le migliori.

Dopo circa dieci minuti, entrano correndo Mark e Sandra.

«Che è successo? Cosa ti hanno fatto? Ci hanno detto che hai avuto un incidente! Dio che camicia da notte orrenda!», dice Mark.

Mi ricoprono di domande e mi abbracciano e mi baciano sulle guance a turno e mi sento scivolare nell'abisso della vergogna.

Ho agito come una stupida teenager che scappa di casa per attirare l'attenzione e per un pelo ci lascia le penne, e poi guarda come li ho fatti preoccupare.

È tutto così assurdo, adesso, che non mi sembra possibile di essere riuscita a fare una cazzata così grande, alla mia età poi.

«Ragazzi», comincio a dire cercando di ricacciare indietro la nausea, «io vi chiedo perdono dal profondo del cuore per quello che ho fatto. Voi lo sapete, è un periodo così pieno di delusioni e cambiamenti per me che ieri sera, quando Sandra mi ha detto che ve ne andavate, mi sono buttata così giù, che sono uscita di casa, ho preso la metropolitana e sono entrata in un bar verso il Village, non mi ricordo neanche più quale, con la precisa intenzione di non pensare più».

Faccio una pausa per bere un po' d'acqua. Ho in bocca sapore di metallo.

«Voi mi conoscete, non sono tipo da fare cose troppo incoscienti, ma mi sentivo così sola e così depressa che avrei dato un braccio per non sentirmi più così. Edgar praticamente mi ha detto che non si sente di avere una storia seria con me, tanto per cambiare, poi Sandra mi annuncia che partite a fine mese e di punto in bianco mi sono sentita abbandonata... persa nel bosco, non so come dirvelo, ero terrorizzata all'idea di ritrovarmi sola».

«E quindi, cos'è successo», incalza Mark.

«Sono entrata in questo bar e ho ordinato una vodka liscia e poi un'altra e un'altra ancora, se ci ripenso mi viene da vomitare. Finché tutto ha preso una dimensione distorta, lontana, irreale, come se a soffrire fosse un'altra me che io guardavo dall'esterno.

Non ho idea di quanto posso aver bevuto, ma quando mi sono alzata per andare in bagno, ho fatto davvero fatica a reggermi in piedi, ci sono arrivata tenendomi al bancone. Poi, una volta dentro, mi sono appoggiata al lavandino e quando ho alzato la testa per guardarmi allo specchio io... quasi non mi riconoscevo. Il trucco mi colava giù, non riuscivo a mettere a fuoco la mia faccia, ero spaventata, ho vomitato ed ero così intontita che le lacrime mi scendevano giù e non riuscivo fermarle».

Sandra mi guarda con dolcezza e apprensione. Mark invece è serio.

«Allora mi sono ricordata che avevo un flacone di Valium nella borsa che tengo per le emergenze, solo che non avendo più il minimo autocontrollo, ho perso il conto delle gocce e devo averne versata una dose da elefante nell'ultima vodka».

Nessuno ride.

«Sono uscita dal locale e rapidamente ho cominciato a sentirmi meglio, rilassata, con la testa leggera. La morsa allo stomaco si era improvvisamente allentata. Niente mi faceva più male, ero felice per voi e per Edgar e per me. Stavo così bene e la serata era talmente fresca e piacevole che sono andata a sedermi sul fiume. Mi ricordo solo che il mio corpo, le braccia, le gambe non rispondevano più e che avevo molto sonno».

C'è un attimo di silenzio carico di tensione.

Infine Mark esplode.

«Ma sei diventata completamente cretina, Monica?», dice Mark a muso duro, «vuoi smettere di giocare? Hai più di trent'anni, ormai, e il mondo, mi dispiace deluderti, non gira intorno a te... Non gira intorno a nessuno. Siamo tutti qui a cercare di arrangiarci e convivere con le nostre frustrazioni e i nostri dolori e non è facile per nessuno! Vuoi continuare ancora così? Benissimo, è una tua scelta, ma sappi che così le persone non rimarranno vicino a te, perché dopo averti consolato per un po' si stancheranno, perché capiranno che in fondo non te ne fotte un cazzo di nessuno a parte del tuo piccolo mondo incantato e tutto quello che vuoi fare nella vita è lamentarti di come sei sfortunata perché non ti piace il lavoro che fai e non hai un fidanzato! Fatti un giro in questo cazzo di ospedale e guarda in faccia il vero dolore. Ti assicuro che tutti vorrebbero scambiare la loro vita con la tua!».

Ed esce sbattendo la porta.

Rimango sola con Sandra che mi guarda seria.

«È molto arrabbiato, ma devi capire che ti vuole molto bene, così come te ne voglio io.

Non buttare via la tua vita, se tu fossi annegata veramente, riesci a immaginare il dolore che avresti dato a tutti noi? E alla tua famiglia? E perché poi? Le persone non se ne vanno per farti un dispetto. Fanno delle scelte e anche tu fai delle scelte, e sicuramente non puoi rendere tutti felici, ma questo non cambia l'affetto per le persone che ami veramente».

«Mi vergogno così tanto», e comincio a piangere a dirotto, mentre Sandra mi accarezza la testa. «Sono una persona orribile!».

«Non sei orribile, ma devi imparare a contare di più su te stessa».

Izumi entra nella stanza e sorridendo dice: «Visite finite ora».

«Ci vediamo domani Monica, se hai bisogno chiama a qualunque ora».

Izumi mi sorride e si siede sulla sedia accanto a me, mi dà un fazzoletto per asciugare le lacrime.

Ho come la sensazione che mi voglia comunicare qualcosa, ma che stia aspettando il momento giusto.

«Tu devi essere felice ora perché sei in punto buono», mi dice in modo un po' sibillino, ma molto solenne.

«Come faccio ad essere felice?», dico asciugandomi gli occhi. «Ho fatto male ai miei amici, non so chi sono e non so cosa voglio. Faccio schifo come essere umano».

«Tu sei creatura amata da Universo perché sei unica e perfetta così. Qualunque decisione tu prendi è perfetta perché è la tua. La vita è semplice, basta aprire porta giusta. Scegli porta giusta e arriverà una valanga di belle cose perché nella tua vita conta solo te, il resto è opzione. Scrivi tu la tua storia e vivila con amore!».

Izumi ha una saggezza così semplice e serena che mi contagia.

«È bellissimo quello che mi dici».

«Fanno cento dollari!».


Passo due giorni in ospedale e mi convinco sempre di più che questo non sia affatto un caso.

Izumi ha ragione, sono io che scrivo la mia storia e sono io che decido se stare bene o male.

Dare la colpa al mondo non serve a niente, sono una donna (quasi) nel pieno possesso delle proprie facoltà mentali e in piena salute, ed ho veramente tutte le carte in regola per riuscire nella vita.

Non ho il coraggio di informare Edgar di quello che è

successo perché somiglia drammaticamente a quanto è accaduto a sua moglie.

Se mi fosse successo qualcosa di veramente grave, l'avrei ferito a morte.

Non mi ero resa conto delle mie responsabilità nei confronti delle persone intorno a me. Ho davvero tentato di attirare l'attenzione come una bambina.

Entra Izumi che mi dice: «C'è due persone vecchie per salutarti!».

Oddio. Le uniche due persone vecchie che conosco qui sono Miss H e Miss V, che non ho neanche pensato di informare. Avranno chiamato a casa, saranno indignate.

Entrano barcollando come sempre sostenendosi l'una all'altra, mentre l'autista rimane vicino alla porta.

Mi hanno portato dei fiori, non l'avrei mai detto, pensavo che mi avrebbero portato qualcosa da fare mentre sono qui per non perdere tempo, tipo argenteria da lucidare o archivi da riordinare!

«Non ha una bella cera!», dice Miss H.

«No davvero, e quella camicia da notte non le dona affatto», incalza Miss V.

«Ed è anche spettinata!», ribatte Miss H.

Sorrido perché questo è il loro modo di preoccuparsi per me e lo so perché non prendono la macchina da almeno trent'anni. Se sono venute fin qui e mi hanno portato i fiori, vuol dire che a me ci tengono, anche se non lo ammetteranno mai.

«Quando pensa di tornare al lavoro? Ci sono un sacco di cose da fare!».

«Tornerò presto, state tranquille, sempre che voi vogliate una sciagurata nel vostro negozio!».

«Che domande, certo che la vogliamo, non avevamo più avuto così tante emozioni dallo scandalo Watergate!».

«Ora riposi, l'aspettiamo la settimana prossima», dice Miss V, mentre Miss H annuisce scatarrando. Se qualcuno la sente, la mettono in isolamento.

Dopo che sono uscite, ritorna Izumi. Ci guardiamo e ci mettiamo a ridere mentre la povera Miss H continua a tossire nel corridoio e la sentiamo urlare: «Lei non mi tocchi, io sto benissimo!».

«Sai Izumi? Penso proprio che tu abbia ragione, in fondo il segreto sta nell'aprire la porta giusta e prima di aprire quella giusta, devi aprire quelle sbagliate vero?»

«Io prima ero ballerina in Giappone, ma non ero felice, ho studiato tanto però non era mia scelta, era quella di genitori. Poi un giorno, ho rotto piede quando ero qui in America per tournée e in ospedale ho capito che volevo fare infermiera e quella era porta giusta, per questo ora sei in punto buono perché devi solo sentire dentro cuore cosa ti fa felice».

«Mi farebbero felice delle cose semplici che forse ho più vicine di quello che credo, ma è come se avessi paura di realizzarle, tutte le volte che comincio qualcosa e sto per terminarla, la interrompo a metà».

«Forse non era momento buono, voi di occidente avete sempre fretta di successo, e mai aspettate momento di maturità».

«È vero, forse il momento è arrivato visto che la mia vita è un totale foglio bianco…».

Mi fanno uscire dall'ospedale su di una sedia a rotelle. Mi accompagna la piccola magica Izumi.

Prima di andare via, le chiedo cosa voglia dire in giapponese il nome Izumi e lei mi dice che significa "fontana".

«Sì, direi che è adatto, sei proprio una fontana di luce e di saggezza», e lei ribatte:

«No è solo nome di amante di mio padre!».

Salgo su un taxi e mi dirigo verso casa.

Apre Mark che mi abbraccia forte e sento subito il profumo di banane fritte e del pollo al caramello che adoro e che Sandra ha cucinato.

Sono tornata a casa e mi sento veramente amata dall'Universo, come direbbe la piccola giapponese. Adesso devo solo preoccuparmi di stare tranquilla e scegliere la strada giusta con saggezza.

Prima di rimettermi a lavorare al romanzo, leggo la posta elettronica e ci sono un paio di messaggi di Edgar.

Ciao Monica,
sono le tre di notte e non riesco a dormire.
Penso molto a te e alle cose che abbiamo fatto insieme e mi sento un uomo molto stupido e solo.
Sono qui in questa grande casa vuota e fredda dove non c'è mai stata gioia o forse, se c'è stata, io ero troppo occupato per accorgermene.

Non voglio fare il patetico, anzi sì, diciamolo, voglio proprio fare il patetico!

Tu hai trent'anni o poco più e hai tutto davanti a te e da una parte ti invidio perché vorrei tornare ad averli anch'io trent'anni e tutta l'incoscienza e l'irrequietezza, e dall'altra me la faccio sotto all'idea di rimettermi in discussione e poi penso che di vita ce n'è una sola e che sono solo un cretino.

Non voglio trattenerti oltre con le mie paranoie, ti racconto solo uno scoop che ti farà davvero ridere.

I coniugi Miller hanno avviato la pratica di divorzio perché David, durante la luna di miele, ha beccato Evelyne con la cameriera dell'albergo!

In famiglia non si parla d'altro, ti lascio immaginare, spero solo che non mi restituiscano il regalo!

Ti bacio e ti voglio molto bene

Ed

L'altro messaggio dice:

Non pensavo di ricevere una risposta in tempo reale, ma almeno prima della fine dell'anno sì!

Ma non ascoltate mai la segreteria in quella casa?

Mi chiami quando torni per favore? Sono un vecchio uomo preoccupato!

Baci

Ed

Ma poverino! Adesso lo capisci cosa vuol dire quando ti prende l'ansia, vero?

# TREDICI

Caro Ed,

hai perfettamente ragione, sono imperdonabile.

Il motivo per cui non ti ho risposto è piuttosto serio e anche se in realtà, all'inizio, non volevo neanche parlartene, credo invece che sia onesto da parte mia dirti cosa è successo.

Non mi importa come e se mi giudicherai, ho agito in un momento di grande confusione e smarrimento e ho seriamente rischiato la pelle, ma è stata una grande lezione che mi ha fatto capire quanto la mia vita sia importante e quanto amore ci sia intorno a me, anche se non mi viene dimostrato nel modo in cui mi aspetto.

Tu sei andato via, i ragazzi qui partiranno a fine mese e io, dallo sconforto, mi sono ubriacata e ho preso troppo Valium, poi sono andata a sedermi sul fiume.

Il resto te lo lascio immaginare.

Sono stata tre giorni in ospedale e anche se ora sto meglio, sento di dover cambiare radicalmente atteggiamento nei confronti della mia vita e delle persone intorno a me.

Mi rendo conto che questo somiglia spaventosamente a quello che è accaduto a tua moglie, solo che, nel mio caso, la cavalleria è arrivata prima. Sono viva per miracolo ed era giusto che tu lo sapessi.

Ti chiedo un periodo di silenzio e di riflessione senza scadenze. Io sarò qui a cercare di crescere.

A presto<br>M.

Dopo circa un paio d'ore, mentre sono presa dalla scrittura, squilla il telefono.
È Edgar.
«Pronto! Allora che hai fatto, sei impazzita? Volevi ammazzarti? Non ti facevo capace di simili atteggiamenti da minorenne...».
Lo lascio sfogare per un po', mi sembra di sentire Mark, poi ad un certo punto lo interrompo.
«Ed adesso finiscila! Ho già abbastanza "voci interiori" che mi danno dell'imbecille senza aver bisogno della tua. Ti ho chiesto apposta un periodo di silenzio perché non ce la faccio a sopportare alcun tipo di pressione e ora scusami ma sto lavorando». E riattacco.
Sensi di colpa o no, non ha il diritto di farmi la paternale.
Il telefono squilla ancora un paio di volte, ma non rispondo.
Proprio quando avresti bisogno d'affetto...
Lascia un messaggio che dice: «Perdonami, sono un coglione, non volevo attaccarti così... ma... cerca di capire... richiamami tu».
Così non mi aiuti Ed.
La voglia di infilarmi sotto le coperte e di mandare tutto a puttane è enorme, ma voglio vincerla e anche se la situazione è veramente dura, voglio superarla.

Finirò il libro e glielo spedirò via mail come abbiamo pattuito, senza fare riferimento a nient'altro.

Squilla ancora il telefono. Che sia ancora lui?

Rispondo.

È Sam, non lo sentivo da una vita.

Mi dice cha ha un grosso favore da chiedermi.

Partirà per una crociera di un paio di settimane con Judith, che non si è ancora ripresa dalla morte di Helen. È molto preoccupato, spera che cambiare aria le faccia bene.

Mi chiede se posso tenergli il cane.

Sono felicissima, ho sempre voluto un cane e in questo momento è fondamentale che io mi occupi di qualcun altro.


Il pomeriggio stesso, ecco Sam con il piccolo Help.

Sam ha un'aria spaventosa, è dimagrito, bianco, sembra che non dorma da una settimana. Mi dice che Judith ha preso molto male la morte della madre e ora non fanno che litigare. Spera di farla distrarre con una vacanza.

Due settimane di crociera nei mari del Sud.

Ma non c'è posto per me?

Quando Sam se ne va, Help rimane un po' sconcertato. È triste, povero piccolo, si sente abbandonato. Come lo capisco!

Lo porto in casa e gli do subito da magiare, ma lui rimane in un angolo vicino alla porta con gli occhioni lucidi. Allora mi siedo accanto a lui e gli prendo il musetto fra le mani.

«Non aver paura, piccolo, torneranno presto, staremo bene insieme, vedrai. Andiamo a farci un giretto, vuoi?», e, dopo alcuni minuti di incertezza e molte carezze, mi segue.

Mi ricorda il film *28 giorni* con Sandra Bullock dove, alla fine del periodo di disintossicazione, alla domanda: «Quando sarò in grado di amare qualcuno?», lo psicanalista risponde: «Quando saprai prenderti cura di una pianta e di un cucciolo».

Non pensavo fosse così impegnativo dirigere un cane col guinzaglio, non mi segue minimamente.

Perché continua a spiscettare su tutti i pali, gli alberi e i semafori e tira come se volesse arare un campo? Poi, con questo nome cretino, quando lo chiamo tutti si girano verso di me.

Non mi fa ridere per niente.

Oddio, ho il fiatone, ma quando tornano i tuoi padroni?

Buono, cagnetto, fai il bravo, lascia stare l'altro cane, non vedi che è un rottweiler, pezzo di idiota?

Ma lui se ne strafrega e vola ad annusargli il sedere. L'altro che non apprezza per niente, subito cerca di staccargli la testa!

È la fine. Io e la padrona del drago incazzato ci mettiamo a chiamare i rispettivi animali, ma inutilmente.

I guinzagli si attorcigliano, i cani abbaiano e noi urliamo come ossesse. L'unica speranza è liberarlo, ma appena lo slego, comincia a correre dalla paura. E io dietro!

Dio mio, che giornata, e mancano ancora quattordici giorni.

Fatemi tornare in ospedale da Izumi!

Lo cerco per due ore, ma alla fine perdo le speranze e mi siedo disperata sul marciapiede, pensando a cosa potrò raccontare ai suoi padroni.

Ecco il fuggiasco tornare con le orecchie basse e la coda fra le gambe. Sembra sinceramente pentito, si siede e mi dà la zampa.

«Ok Help», dico, «Amici!».


La mia vita, da quando c'è Help, è molto migliorata.

Il fatto di essere responsabile di qualcuno, di doverlo portare a spasso, dargli da mangiare, farlo giocare, mi distrae molto da me stessa e dai miei pensieri.

La sera, mentre scrivo al computer, lui sta sdraiato per terra accanto alla mia sedia, poi, quando è ora di andare a dormire, ci beviamo il latte caldo e lo faccio salire sul letto con me. So che non dovrei farlo, ma è troppo tempo che non dormo con qualcuno.

Non ho ancora richiamato Ed perché non me la sono sentita.

Continuo a mandargli le pagine via e-mail, lui me le rispedisce corrette e in fondo scrive sempre un paio di righe per sapere come sto.

Io gli rispondo in modo sempre molto educato, ma distaccato, non voglio che mi tratti come una povera malata di nervi... quella era sua moglie e non voglio che si senta in dovere di occuparsi di me solo a causa di quello che ho fatto.

Mark e Sandra hanno quasi finito i preparativi e stanno per partire.

Help è agitatissimo perché sente aria di cambiamento e temo che tutte queste emozioni finiscano per fargli venire un bell'esaurimento nervoso.

Chissà se esistono i cani alcolisti.

Le nostre passeggiate stanno migliorando, Help obbedisce un po' di più, mi piacerebbe andare a correre con lui al Central Park, ma so che sarebbe una tragedia. Già lo immagino mentre inchioda per rincorrere i piccioni.

Peccato però, faceva così newyorkese.

Ho chiedo alle zie se posso portarlo al negozio, ma dicono che è contro il regolamento – che sono state loro a stabilire – e quindi dovrò lasciarlo a casa per i prossimi giorni e ho paura che si senta solo.

Che stia nascendo in me un briciolo di istinto materno?

Quando esco dal lavoro mi precipito a casa per fargli fare la passeggiata e lui mi fa un mucchio di feste. Altro che un uomo. Queste sono le vere soddisfazioni.

Gli compro le migliori pappe, lo porto a fare la toeletta e, quando esce tutto profumato, sono molto orgogliosa di lui.

Mark mi prende in giro e mi chiama "la mamma". Senti chi parla.

Ha persino lasciato l'uomo della sua vita per seguire la sua figlioccia.

Le forme d'amore sono infinite, basta scegliere quella che ci rende più felici.

Ed ecco il fatidico giorno, i ragazzi stanno partendo.

Questa scena me l'ero ormai immaginata decine di volte, ma, Dio, com'è triste.

Mark mette fuori l'ultima valigia e dà una rapida occhiata in giro per vedere se ha lasciato qualcosa, poi viene verso di me.

Ci abbracciamo stretti e piangiamo, poi mi guarda e dice: «Come farò senza la mia bimba?»

«Fai il bravo papà, prometti?».

Poi mi abbraccia Sandra ed è il momento più duro in assoluto.

È diventata così grossa che facciamo fatica a stringerci e ci viene da ridere.

«È stato così bello conoscerti», dice Sandra.

«Si, ma è così dura lasciarti andare... Mi mancherai».

«Le tue carte sono bellissime, le ho fatte stamattina, andrà tutto bene. E tu sai che non è mai un caso quello che succede nella vita, quindi se ci siamo incontrate un motivo c'è e lo scopriremo insieme».

«Promesso?»

«Bromesso, biggola mia».

Ci abbracciamo tutti e tre e, fra le lacrime, Sandra comincia a cantare la nostra canzone: *Time after time*.

Questo è proprio un addio.

La porta si chiude. Se ne sono andati davvero.

La casa è improvvisamente piombata nel silenzio e il silenzio sa essere assordante.

Help mi guarda confuso con i suoi grandi occhioni scuri.

«Siamo rimasti soli, vecchio mio, e tra un po' anche noi due ci separeremo. Ma non dobbiamo essere tristi, fa parte della vita, anche se per me è una costante che si ripete davvero troppo spesso».

«Le persone si incontrano, si conoscono, si separano e si rincontrano, la vita è così, è impossibile cercare di fermare le cose, bisogna prendere tutto ciò che viene e accettarlo per com'è, capisci?».

Oddio sto parlando a un cane!

# QUATTORDICI

Caro Ed,
è un po' che non mi faccio viva e l'ho fatto volontariamente. Ora è giunto il momento che io ti dica come stanno le cose con la massima sincerità.

Quando sei partito sono stata davvero male, non mi ero accorta di essere così presa e, quando non sei stato più accanto a me, ho sentito un vuoto enorme.

Non ho voluto dirtelo prima e ho fatto bene perché la delusione è stata davvero grande.

Prima ti travesti da angelo custode, fratello maggiore, padre, amico, fidanzato perfetto e uomo dei sogni e dopo avermi scombussolato tutta la vita – e avermi portata a letto – che fai? Ricicli il classico discorsetto dell'allergia alle relazioni serie che non ti fa più onore della mia «reazione da minorenne» (cito testualmente).

All'inizio ho pensato di fare la "superiore", quella a cui vanno bene le storie alla "stiamo a vedere" e mi sono detta che, se avessi finto di fare la donna matura ed emancipata, avresti finito per stare con me. Ma non è questo quello che voglio e non ho alcuna intenzione di nascondermi dietro a tattiche del cazzo, perché sono una persona seria e voglio, anzi mi merito, una relazione seria e che ti piaccia o no, sono innamorata di te, e amo soprattutto i tuoi difetti e le tue debolezze e se questo per te è troppo da sopportare, allora i nostri rapporti saranno esclusivamente professionali e mi auguro che siano veramente brevi.

Se invece decidi di muovere il culo dalla tua apatia, allora ne possiamo riparlare e ti prometto che, da parte mia, proverò con tutte le forze a far funzionare questo rapporto.

Siccome sono una signora ti darò comunque del tempo per riflettere.

Ti voglio bene<br>M.

Uff!

È stato più faticoso che dirglielo al telefono, ma tirare fuori tutto mi ha fatto un gran bene.

Ho messo anche in conto l'idea di non sentirlo mai più, ma ho fatto una promessa a me stessa che voglio mantenere.

Se non voglio più essere una briciola e voglio una storia d'amore degna di questo nome, solo io ho i mezzi per farlo.

Vero Help?

Sto diventando pazza...

Ok, lo ammetto, è il primo giorno della mia nuova vita, ma ancora non mi sento così disinvolta. È un po' come avere la patente da poco.

Considerato il fuso orario, Edgar dovrebbe aver letto il messaggio quando da me erano le cinque del mattino, quindi ora che sono le nove...

Mettiamoci l'animo in pace, ormai la bomba è stata sganciata, non mi resta che aspettare la reazione.

La vecchia Monica sarebbe stata attaccata al computer in attesa di nuovi messaggi, ma se c'è una lezione che ho imparato, è che sei interamente responsabile delle tue azioni.

Faccio una cosa che non faccio da secoli: chiamo mio padre.

È incredibilmente cordiale, mi fa un sacco di domande, mi chiede quando torno a casa, mi dice che gli manco e che tutti chiedono di me.

Gli racconto del libro che sto per pubblicare, omettendo, per rispetto, tutti gli annessi della mia tresca con l'editore e lui mi dice che non aveva dubbi che la sua bambina avrebbe avuto successo.

Se sapesse dei casini che ho combinato in questi mesi, non credo che sarebbe altrettanto fiero, ma una cosa è certa: ho una gran voglia di tornare a casa.

Passo la giornata a fare le pulizie di primavera cosa che ho sempre detestato ma che ora mi sembra molto rilassante, con un po' di jazz in sottofondo. In fin dei conti, non mi sento neanche così sola.

Help è diventato docile come un agnellino. Ho scoperto che se gli dico «rottweiler», gli viene una crisi di panico.

La sera, dopo la passeggiata, vado a controllare la posta elettronica e constato che Ed non si è fatto vivo.

Come era prevedibile.

Mi fa un male tremendo, lo ammetto. Ma sento che ho agito nel modo giusto, nell'unico modo che salvaguardasse i miei sentimenti. Se lui è scappato e ciò vuol dire che non era l'uomo giusto.

Peccato, perché se penso a tutte le belle cose che abbiamo fatto insieme, le cene, le chiacchierate, il matrimonio, il viaggio a Cornish, mi viene una tale fitta al cuore.

Ho fantasticato così tanto, ultimamente, su come sarebbe stato vivere con lui, dividere le cose di tutti i giorni, quelle belle e quelle brutte, cucinare insieme, fare dei viaggi, comprarsi un cane – questo è un obbligo! – e poi magari un giorno chissà... avere dei bambini?

In fondo lui era l'uomo «che ride delle stesse cose per cui rido io», per dirla alla Salinger.

Se noi esseri umani paghiamo per le nostre cattive azioni, mi chiedo per quale ragione il Signore si dimentichi, a volte, di spuntarne alcune di quelle già pagate dalla mia lista e continui a mettermele in conto!


Sono tornata al lavoro logicamente guardata a vista come una sorvegliata speciale.

Non so se hanno capito esattamente la dinamica dell'"incidente" perché Miss H mi avrà domandato ottocento volte perché mi trovassi in ospedale e io le ho dato circa dieci versioni diverse: ittero, adenoidi, alluce valgo, lebbra e scoliosi.

Che bello essere tornata qui, o meglio, che bello essere tornati a vivere.

Sono due le creature a cui penso in continuazione, il cane e Ed il fuggiasco.

Cosa li accomuna? Che nessuno dei due, se gli parlo, mi risponde!

Sono passati tre giorni e ormai temo che non si faccia più vivo.

La cosa imbarazzante è che, anche se mancano poche pagine alla fine del romanzo, deve comunque continuare a sentirlo e lui lo sa benissimo.

Se ha intenzione di farmi una carognata del tipo mollarmi a metà, dopo il mazzo gigantesco che mi sono fatta, allora si merita di rimanere solo... con sua madre.

Credo che non ci sia condanna peggiore per un uomo.

Torno a casa e scopro, con la gioia di una neomamma, che il peloso bambino ha fatto la cacca in tutto il salotto.

Poteva farla sul letto e invece l'ha fatta in salotto. Che amore!

Mark mi ha lasciato la famosa sciarpa di Prada da restituire a sua madre alla quale non ha nemmeno detto che partiva; toccherà a me farlo.

Sarà l'ultima cosa in assoluto che farò, prima di partire da qui.

Porto Help dal veterinario perché non sta bene e il dottore mi dà delle gocce da dargli ogni quattro ore. Il dottore è tentato di dare delle gocce anche a me per come mi sto agitando, ma lui non può capire come può essere apprensiva una mamma italiana.

Punto la sveglia alle quattro del mattino e poi il sonno mi abbandona per sempre. Accendo la tele, mi metto a leggere e immancabilmente comincio a pensare e decido di vedere se c'è posta per me.

Sarà un caso, ma il messaggio che lampeggia davanti ai miei occhi cerchiati, è stato inviato in questo stesso istante e dice:

Quando vieni a stare qui? Ed


L'emozione è così forte che sudo freddo.
Afferro il telefono e lo chiamo. Mi risponde al primo squillo – he! he! allora aspettava!
«Mi vuoi ancora nonostante tutto?», dico.
«Non ci posso credere, sei davvero tu? Ma saranno le cinque lì da te!».
«Il potere dell'amore!».
«Allora, te la senti di venire a vivere con l'uomo che ti ha sedotta e abbandonata?»
«Non è mai una buona idea seguire un uomo, verrei solo per fare il lavoro che ho sempre sognato».
«Che donna saggia sei diventata, comunque qui il lavoro non ti mancherebbe, ci sono sei camere da pulire, lavatrici da fare, cucinare...».
«Che bastardo maschilista! Non intendevo questo per lavoro».
«Scherzo! Ti dirò invece che un mio amico che dirige una televisione locale pensa che *Il giardino degli ex* potrebbe diventare un ottimo talk show, magari con gli ex dei personaggi famosi e potresti esserne la co-autrice, per esempio».
«Anche questo è uno scherzo per caso?»

«No, no, sono serissimo!».
«Lo sai che riesci sempre a spiazzarmi?»
«Lo so».
«E lo sai che non sto più nella pelle all'idea di rivederti?»
«E tu lo sai che ti amo?»
«No, questo non lo sapevo!».
«Ora lo sai!».
«Mi hai spiazzata di nuovo!».


E finalmente parto anch'io.

Sono qui ad aspettare il taxi che mi porterà all'aeroporto e al collo ho la sciarpa che restituirò strada facendo alla mamma di Mark.

Lui e Sandra stanno benissimo, hanno fatto davvero la scelta giusta ad andare laggiù, saranno davvero felici.

Sam è venuto a riprendersi Help ed è stata durissima separarsi da lui, giurerei di averlo visto piangere. Io ho pianto.

Le zie mi hanno stupita più di tutti perché erano davvero dispiaciute della mia partenza un po' improvvisa.

Pensavano di darmi un aumento di stipendio simbolico di circa venticinque dollari… ero tentata di restare!

Dopodiché mi hanno abbracciata e mi hanno regalato un antico cammeo, sempre della loro mamma.

Per prima cosa tornerò in Italia per rivedere i miei e, fra qualche settimana, partirò per Edimburgo dove finalmente comincerò questa nuova vita, che è già molto stabile in partenza.

Non vedo l'ora di cominciare questa avventura.

E se son rose fioriranno.

Il bilancio, tutto sommato, è decisamente positivo. Mi mancherai New York.

Arriva il taxi.

Porto fuori le valige e do un ultimo sguardo alla casa.

Sembra già passato un secolo da quando qui c'era un continuo via vai di gente.

Non lo dimenticherò mai.

Chiudo la porta.

Squilla il telefono!

Cazzo!

Il tassista mi fa cenno che siamo in ritardo, ma potrebbe essere importante. Rientro di corsa e rispondo.

«Pronto, Monica? Sono David».

# RINGRAZIAMENTI

Un grazie particolare a Franco Cesati che per primo ha creduto in questo libro, a Raffaello Avanzini per averci creduto così tanto da pubblicarlo e a Giusi Sorvillo preziosissima editor.

# INDICE

| | | |
|---|---:|---|
| p. | 7 | Uno |
| | 27 | Due |
| | 42 | Tre |
| | 58 | Quattro |
| | 71 | Cinque |
| | 80 | Sei |
| | 91 | Sette |
| | 104 | Otto |
| | 117 | Nove |
| | 134 | Dieci |
| | 151 | Undici |
| | 160 | Dodici |
| | 171 | Tredici |
| | 179 | Quattordici |

187 *Ringraziamenti*

# Anagramma

1. **Steven Carter**, *Io ero Howard Hughes*
2. **Niven Govinden**, *Noi siamo i nuovi romantici*
3. **Luke Sutherland**, *Il sesso di Venere*
4. **Florian Zeller**, *Il fascino del peggio*
5. **Bill Naughton**, *Alfie*
6. **Hugh O'Donnell**, *11, Emerald Street*
7. **Federica Bosco**, *Mi piaci da morire*
8. **Jack Kerouac**, *Pic. Storia di un vagabondo «sulla strada»*
9. **Alexandra Gray**, *Dieci ragazzi per me*
10. **Pierre Bourgeade**, *Crashville*
11. **Edgar Wallace**, *King Kong*
12. **Thomas Gunzig**, *Lo zoo più piccolo del mondo*
13. **Tama Janowitz**, *Il diario intimo di Peyton Amberg*
14. **Kevin Sampson**, *Rock Trip*
15. **Armitage Trail**, *Scarface*
16. **Massimiliano Palmese**, *L'amante proibita*
17. **Serge Joncour**, *Il privilegio di essere una star*
18. **Leon Whiteson**, *Il cuore del desiderio*
19. **Federica Bosco**, *Cercasi amore disperatamente*
20. **Nicholas Pileggi**, *Quei bravi ragazzi*
21. **Pierre-Arnaud Jonard**, *Il paradiso del sesso*
22. **Daren King**, *Pasticche d'amore*
23. **Stephanie Lehmann**, *Mi spoglio solo per amore*
24. **Giovanna Bandini**, *Il bacio della tarantola*
25. **Leslie Carroll**, *Matrimoni, bugie e appuntamenti*
26. **Gloria Goldreich**, *A cena con Anna Karenina*
27. **Lisa Beth Kovetz**, *Il club erotico del martedì*
28. **Alberto Calligaris**, *Il volo delle anatre a rovescio*
29. **Amanda Filipacchi**, *Il club degli innamorati*
30. **Jennifer Vandever**, *L'amore non basta mai*

31. **Ami Sakurai**, *Un mondo innocente*
32. **Nicolas Rey**, *Il bacio più bello del mondo*
33. **Alan Isler**, *Per sesso o per amore*
34. **Walt Curtis**, *Notte maledetta*
35. **Raffaella Bedini**, *Sei parte di me*
36. **Clare Dowling**, *Il mio favoloso divorzio*
37. **Edwin Torres**, *Carlito's way*
38. **Simone Marcuzzi**, *Forse è quasi amore*
39. **Nancy Geary**, *Gli anni dell'amore perfetto*
40. **Lucy Edge**, *L'amore, il sesso e lo yoga*
41. **Billy Hayes – William Hoffer**, *Fuga di mezzanotte*
42. **Federica Bosco**, *L'amore non fa per me*